Alfonso Pecorelli

Mord
und andere kleine Geschenke des Himmels

Sieben maliziöse Geschichten

WOA Verlag

Alle Rechte vorbehalten
Copyright © 2014
WOA Verlag Zürich
www.woaverlag.ch

Umschlaggestaltung
Peter Suter, Magenta Grafik, Zürich
www.magentagrafik
Umschlagbild
Ausschnitt aus der »Sixtinischen Madonna«
von Raffael
Satz und Lektorat
Adrian Suter, Zürich
Druckpartner
CPI books, Ulm
www.cpibooks.de

ISBN 978-3-9524265-2-4

Teile des Textes auf Seite 69f. entstammen dem Artikel »Schwarze Mamba«
der Online-Enzyklopädie Wikipedia, abrufbar unter http://de.wikipedia.org/
wiki/Schwarze_Mamba (Lizenz CC-by-sa-3.0).

*»Schau nicht nach dem Bösen, Mensch,
denn das Böse bist du selbst.«*

Jean-Jacques Rousseau

Fetter Fisch

Grete und Kuno Wachowski kannten sich seit ihrer Jugend und waren jetzt über vierzig Jahre verheiratet. Seit ihrer Hochzeit lebten sie in einem kleinen Einfamilienhaus am Stadtrand von Hamburg. Sie hatten ihr ganzes Leben lang hart gearbeitet, das Haus war bezahlt, die Kinder längst flügge. Die Tochter lebte in Amerika und der Sohn in Australien. Sie besuchten ihre Eltern alle zwei oder drei Jahre – »wenn es sich richten lässt«, wie sie immer öfter und unabhängig voneinander verlauten ließen.

Kuno Wachowski war ein stämmiger Mann mit einem fast quadratischen Kopf, der seine Herkunft aus Polen, auch nach all den Jahren in Hamburg, nicht leugnen konnte. Seine Haut hatte die Beschaffenheit von Leder, seine Hände waren voller Schwielen als Zeugnis harter körperlicher Arbeit und sein Gesicht mit Furchen durchzogen – damit hätte er jedem Seebären alle Ehre gemacht und wäre auch selbst als solcher durchgegangen. Aber zur See war Kuno nie gefahren, sondern hatte Ladungen der Schiffe im Hafen von Hamburg gelöscht. Sommers wie winters, tagein, tagaus.

Seine große Leidenschaft galt dem Angeln. Seit er vor fünf Jahren pensioniert worden war – stolz darauf, auch an seinem letzten Arbeitstag die Schicht durchgearbeitet und nicht einen einzigen Tag wegen Krankheit oder Unfall gefehlt zu haben –, widmete er sich jeden Tag dieser Passion.

Bei Wind und Wetter verließ er das kleine Haus schon frühmorgens, um an der Alster Fische aus dem Fluss zu angeln und immer öfter auf dem einen oder anderen Fischkutter hinaus aufs Meer zu fahren. Den Fischern dankte er es, indem er ihnen beim Einholen der Netze half. Als Gegenleistung durfte Kuno an der Reling fischen.

Kuno angelte aus Spaß an der Sache und nicht, weil er Fische als besondere Delikatesse empfand. Sein Traum, den er gerne und dauernd wiederholte, lautete: »Ich möchte eines Tages den fettesten Fisch der Welt fangen.« Was er genau damit meinte, war aus Kuno nicht herauszubekommen. Seine lapidare Erklärung war stets: »Man darf ja wohl noch träumen dürfen.«

Vor Kunos Pensionierung hatte sich seine Frau Grete auch um die Haustechnik gekümmert. Aber da Kuno das Kellergeschoss zu seinem »Anglerreich« umfunktioniert hatte, verkündete Grete eines Tages: »Du kümmerst dich ab jetzt um den Heizkram und so. Mich siehst du da unten nicht mehr.«

Kuno war das mehr als recht, denn so hatte er sein Refugium für sich und seine Ruhe. Hinter einer schmalen Tür, die sich direkt unter der Treppe zum ersten Stock befand, führte eine ebenso schmale und schlecht beleuchtete Treppe in den Keller. Dieser war nicht sonderlich groß. Doch Kuno fühlte sich dort wohl. Mit den Jahren war einiges zusammengekommen. Sauber reihten sich Kunos Angelruten jeder Bauart und Länge aneinander. Auf schmalen Regalen, die er selbst gefertigt hatte, lagen in alten Marmeladengläsern und sonstigen Behältern alle Arten und Variationen von Haken, Ködern und Ösen. Auch reißfeste Angelschnüre aus Nylon, Kevlar, Dyneema und Spectra hingen auf Rollen, die mit Nägeln an den Wänden befestigt waren.

Grete Wachowski, geborene Steevers, war in mancherlei Belangen ihrem Mann sehr ähnlich. Genau wie er war sie groß und breit gebaut, mit den Jahren wurde sie erst korpulent, und einige weitere Jahre später konnte man sie nur noch als fett bezeichnen.

Ihre breiten Hüften, der melonengroße Busen und der noch größere Bauch, der mit den Jahren selbst mit den weitesten Röcken nicht mehr zu verbergen war, verliehen ihr das Aussehen eines Walfisches, was Kuno dann und wann dazu verleitete, sie insgeheim einen »fetten Fisch« zu nennen. Offen hätte er dies nie auszusprechen gewagt, denn im Haushalt der Wachowskis herrschte seit vierzig Jahren eine klare Rollenverteilung: Kuno beschaffte das Geld, um die Familie zu ernähren, und Grete bestimmte alles andere.

Doch Zeit und Alter machten die beiden nicht weise und nachsichtig. Der zur Routine gewordene Tagesablauf, der Mangel an gegenseitiger Wertschätzung und Zuneigung sowie die seit Jahren vollkommene sexuelle Abstinenz verstärkten die schlechten Charaktereigenschaften je länger, je mehr. Kuno wurde immer verschlossener, Grete immer geiziger. In den frühen Ehejahren war Gretes übersteigerte Sparsamkeit ein Segen für die Familie gewesen, denn Kuno konnte mit Geld nicht umgehen. Doch im Lauf der Zeit wurde Gretes Geiz einseitig. Bei jeder Anschaffung, die Kuno tätigen wollte, und sei es nur eine neue Hose oder eine Jacke (was selten vorkam, denn Kuno machte sich nicht viel aus Kleidung), oder bei jedem noch so kleinen Teil, um seine Angelausrüstung zu vervollständigen, schrie Grete ihn an und sagte Dinge wie: »Wenn *ich* nicht wäre, würden wir schon lange am Hungertuch nagen, du Verschwender!«

Für sich selbst jedoch griff Grete gerne tief in die Brieftasche. Dennoch hatte sie zugleich mit dem eher bescheidenen Einkommen und den Renten der beiden eine erkleckliche Summe auf dem gemeinsamen Bankkonto angespart.

Gretes großer Traum war eine Kreuzfahrt. »Um die ganze Welt«, wie sie oft verlauten ließ. Doch Kuno war schon der Gedanke, sein Haus und sein geliebtes Hamburg auch nur für einen Tag zu verlassen, unangenehm. »Was sollen wir denn auf den Weltmeeren, wenn wir die See vor der Haustür haben?«, pflegte er zu knurren. Gretes Einwand, dass die Nordsee weder mit der Karibik und schon gar nicht mit der Südsee zu vergleichen sei, ließ Kuno nicht gelten. Er brummte dann jedes Mal: »Mach das, wenn ich unter der Erde bin.«

Dabei erfreuten sich sowohl Kuno als auch Grete einer eisernen Gesundheit. Sie waren in all den Jahren nie ernsthaft krank gewesen, ihr Blutdruck war normal, ebenso die Cholesterinwerte. Noch nicht einmal Rheuma oder sonstige Beschwerden, die das fortschreitende Alter üblicherweise mit sich bringt, plagten die beiden. Dieser Umstand ließ Gretes Hoffnung schwinden, ihre ersehnte Kreuzfahrt je machen zu können. »Ich werde hier bei Kuno in diesem kleinen Haus vor den Toren dieser kalten Stadt sterben«, dachte sie. Erst war sie bedrückt, dann leicht erzürnt, später gehässig und noch etwas später voller Zorn und empfand eine Art innerer Verzweiflung ob dieser Tatsache.

Kuno und Grete redeten nur noch das Nötigste miteinander. Nicht etwa, weil sie sich hassten, aber das zunehmende Alter und der Umstand, dass sie kaum Freunde hatten, trugen dazu bei, dass ihnen der Gesprächsstoff fehlte.

Es war jedoch nicht so, dass ihnen die verbale und körperliche Zuneigung fehlte. Sie waren Nachkriegskinder, mussten in der Jugend viele Entbehrungen erleiden und kannten nichts anderes als harte Arbeit und Genügsamkeit. Außerdem galt Liebe zu der Zeit, als die beiden jung waren, als etwas, das nur in Romanen zu finden war und später in Telenovelas über die Bildschirme flimmerte – aber im richtigen Leben nicht stattfand.

Wahrscheinlich hätten Grete und Kuno noch zehn oder zwanzig Jahre so nebeneinanderher gelebt, Grete von ihrer Kreuzfahrt träumend und Kuno von seinen Fischen.

Doch Grete wurde von den Veränderungen der Zeit eingeholt. Die Fernseher wurden proportional umgekehrt flacher und flacher, indes Grete dicker und dicker wurde. Von allen Seiten, aus allen Kanälen und von den omnipräsenten Plakatwänden wurde sie auf jede erdenkliche Weise mit Werbung überschwemmt, die ihr suggerierte, nicht nur ewig jung, sondern auch schön, glücklich und schlank sein zu müssen. Dass die mittels Photoshop gemorphten Models der Werbung, ob weiblich oder männlich, nichts mehr mit dem wahren Leben zu tun hatten, war irrelevant. Und so glaubte selbst Grete, eine Frau Mitte sechzig und fast zweihundert Kilogramm schwer, an diese Illusionen der schönen neuen Werbewelt. Gretes Sehnsucht, die Welt in einem Kreuzfahrtschiff zu umrunden und sich, wenigstens *einmal* im Leben, so zu fühlen wie die Models, losgelöst vom mühsamen Alltag – diese Sehnsucht wuchs ins Unermessliche.

Wer weiß, was geschehen wäre, wenn folgende Worte eines Morgens am Frühstückstisch nicht gesprochen worden wären. Kuno erwähnte beiläufig und ohne seinen Blick von der Hamburger Morgenpost abzuwenden, die er wie ein Schutzschild vor sich hielt: »Du wirst vergesslich, Grete.«

Kuno hatte die Bemerkung gar nicht böse gemeint, sondern auf die fehlende Marmelade auf dem Frühstückstisch hinweisen wollen, denn sie fehlte schon seit mehreren Tagen. Grete, die für die Lebensmittelbeschaffung zuständig war, musste in der Tat, aber nur in Gedanken, zugeben, dass sie schon zum wiederholten Mal vergessen hatte, etwas einzukaufen, an das sie kurz zuvor gedacht hatte. Weil sie sich diese Vergesslichkeit – war das bereits Altersdemenz oder gar Schlimmeres? – nicht eingestehen wollte, erzürnte sie sich maßlos über Kunos Worte.

»*Ich* und vergesslich?«, antwortete sie puterrot: »Kein Wunder, *ich* muss mich ja um alles kümmern, während *du* den ganzen Tag deine blöden Fische aus dem Wasser ziehst!«

»Blöde Fische?«, blaffte er zurück und guckte hinter der Zeitung hervor. »Fische sind nicht blöd. Delfine oder Walfische haben sogar ein sehr gutes Gedächtnis.«

»Ah ja ...«, Gretes Stimme klang jetzt giftig, »dann schick doch einen Walfisch zum Einkaufen.«

Manchmal gibt ein Wort das andere. Im Nachhinein weiß man oft nicht, wie es dazu kommen konnte. Ganze Nationen sind schon wegen solcher Kleinigkeiten in den Krieg gezogen. So geschah es auch an diesem Morgen am Frühstückstisch der Wachowskis: das falsche Wort im falschen Moment.

»Ach ja? Wenn du ein besseres Gedächtnis hättest, würdest du glatt als Walfisch durchgehen.«

Der nachfolgende Schlagabtausch dauerte fünf Minuten und eskalierte mit jeder Minute. Die Eheleute standen sich gegenüber und schimpften wütend aufeinander ein. Fairerweise und zu Kunos Entlastung sei an dieser Stelle angemerkt, dass es zu diesem Zeitpunkt Kuno war, der schon mehrmals versucht hatte (schreiend, weil er sonst Grete nicht übertönt hätte), sich zu entschuldigen. Aber Grete war dermaßen in Fahrt, dass ihr Erguss an Beleidigungen, gemischt mit Wehklagen wie: »Das habe ich nicht verdient, nachdem ich ein Leben lang für dich da war, du gefühlloser Klotz«, nicht zu stoppen war. Gretes Stimme hatte zwischenzeitlich die Tonlage einer schrillen Sirene erreicht und Kunos Blutdruck die kritische Grenze. Und so kam es, wie es kommen musste: Kuno verpasste Grete eine schallende Ohrfeige!

Sofort herrschte gespenstische Stille in der kleinen Küche. Grete schien nicht begriffen zu haben, dass Kuno sie geschlagen hatte. Sekundenlang stand sie mit offenem Mund reglos da. Nur die getroffene Wange rötete sich leicht.

Dann jedoch griff ihre Hand erstaunlich schnell zum Tisch, schnappte sich eine Tasse mit Kaffee und schüttete den Inhalt in Kunos Gesicht. Was Kuno veranlasste, schreiend und fluchend im Badezimmer zu verschwinden, um sich das Gesicht mit kaltem Wasser zu kühlen, dann in den Keller zu stürmen, um eine seiner Angelruten zu packen und – die Haustür krachend zuschlagend – nur noch zu rufen: »Du fetter Fisch, du …!«

Grete konnte sich nicht erinnern, je in ihrem

Leben so gedemütigt worden zu sein. Der Weinkrampf dauerte fast eine Stunde.

Als sie sich endlich beruhigt hatte, wallte unbändige Wut in ihr auf. Ihr ganzes Leben hatte sie sich für die Familie aufgeopfert, jede Entbehrung auf sich genommen – und jetzt *das? Das* war der Dank ihres Gatten für all die Jahre? Aus der Wut wurde Zorn, aus dem Zorn wurde Hass!

Dieser kleine Augenblick, dieser kurze Moment, in dem aus einer jahrelangen Gleichgültigkeit binnen Sekunden abgrundtiefer Hass erwuchs und so dem Bibelwort »Wind säen und Sturm ernten« nie eine treffendere Gültigkeit gab, veranlasste Grete, das erste Mal seit Jahren in den Korridor zu stürmen, die Kellertür aufzureißen und die Treppe hinunterzustapfen.

Ihre Absicht war es, Kunos Angelausrüstung in den Müll zu schmeißen. Sie würde alles, was er in jahrelanger Arbeit mühselig gekauft und zusammengetragen hatte, um seinem blöden Hobby zu frönen, entsorgen. Sie wollte es ihm heimzahlen, in einer Art und Weise, die ihn schmerzte. Mit jeder Stufe, die sie hinabstieg, wuchs ihre Wut weiter an, während sie unablässig murmelte: »Ich werde dir zeigen, wer der fette Fisch ist, du Schwein.« Unten angekommen, wollte sie sich soeben daranmachen, die unzähligen Angelruten und die anderen Utensilien einzusammeln, als sie wie erstarrt innehielt.

Es dauerte einige Sekunden, bis Grete begriff, was dort groß und deutlich an der Wand hing. Je länger sie darauf blickte, desto weniger konnte und wollte sie glauben, was ihre Augen sahen!

Manchmal braucht es nur einen Tropfen, um das Fass zum Überlaufen zu bringen, manchmal einen kleinen Funken, etwas in Brand zu stecken – beides geschah in diesem Moment mit Grete. Was oben in der Küche noch ein kurzer Anfall von Hass auf Kuno gewesen war, der schon fast abgeklungen war, als sie unten im Keller stand, entfachte sich in diesem Augenblick, in dem Grete endlich begriff, was dort an der Kellerwand hing, zu einem lodernden Feuer der Rachegelüste.

Kunos Angelausrüstung einfach wegzuwerfen, reichte nicht mehr. Er musste für das, was sie soeben gesehen hatte, viel schmerzlicher büßen, dachte Grete wie von Sinnen, als sie langsam die Treppenstufen wieder hochstieg und dann innehielt.

Doch irgendwann verflüchtigt sich auch die stärkste Wut. Bei Grete dauerte es keine zwei Stunden, in denen sie dumpf vor sich hinbrütend im Wohnzimmer vor dem ausgeschalteten Fernseher gesessen hatte. Mit jeder Minute, die stumm vergangen war, verflüchtigte sich ihr Zorn zusehends. Kuno war schließlich ihr Ehemann. Seit vierzig Jahren schon. Und wenn sie es sich recht überlegte, war er im Grunde ein guter Mann. Nein, was sie getan hatte, war nicht korrekt. Sie ging erst in die Küche, dann in den Flur und stand schon vor der Kellertür ... als das Telefon klingelte.

Grete zögerte einen Moment; so wichtig konnte der Anruf ja nicht sein. Doch das Klingeln wollte auch nach dem siebten Mal nicht aufhören. Also drehte sie sich um, legte die Schere auf die Kommode im Korridor und nahm den altmodischen Telefonhörer ab.

»Frau Wachowski?«, fragte eine forsch klingende Männerstimme.

»Am Apparat.«

»Bommer. Dr. Bommer vom Uni-Klinikum.«

»Was kann ich für Sie tun?« Gretes Stimme klang leicht verunsichert.

»Bitte kommen Sie so schnell wie möglich ins Klinikum.«

»Warum? Was ist denn passiert?«

»Kommen Sie bitte so schnell wie möglich, Frau Wachowski. Es geht um Ihren Mann!«

Der Mann, der sich als Dr. Bommer vorgestellt hatte, war mittelgroß, trug eine randlose Brille auf der Nase, ein Stethoskop um den Hals und einen weißen Kittel über dem rundlichen Bauch. Mit zügigen Schritten, die auf seine Autorität schließen ließen, kam er auf Grete zu, die am Empfang der Klinik wartete.

Man habe Kuno Wachowski einer Notoperation unterzogen – »Hirnblutung«, sagte Dr. Bommer knapp, ruhig und professionell.

Die nächsten Sätze, die der Arzt sprach, drangen wie durch eine dichte Nebelwand in Gretes Hirn: Ein Fischer am Hafen habe den Notruf getätigt. Herr Wachowski sei schon, bevor er den Fischkutter bestiegen hatte, völlig außer sich gewesen. Er habe dauernd etwas von einem »dicken, fetten Fisch« geschrien. Die Aufregung habe seinen Blutdruck, so vermute man, dermaßen in die Höhe schnellen lassen, dass sich eine Hirnblutung in der Nähe des Hirnstammes ereignet habe, wie man mittels des Tomogramms feststellen konnte. »Ein schwaches Gefäß, vielleicht seit Geburt schon, hat dem hohen Druck nicht standgehalten«, bedauerte Dr. Bommer. Nein, er könne nicht sagen, ob es Herr Wachowski schaffe. Die nächsten Stunden seien entscheidend.

Und das waren sie auch.

Am selben Abend verstarb Kuno Wachowski, ohne noch einmal zu Bewusstsein gekommen zu sein.

Grete konnte es nicht fassen. Kuno war tot. Und es war ihre Schuld. Sie hatte ihn mit dem dummen Streit dermaßen in Aufregung versetzt, dass er daran gestorben war!

Die Beerdigung fand in sehr kleinem Rahmen statt. Der Pfarrer sagte am schlichten Grab während eines kalten Novemberregens etwas wie »himmlischer Frieden« und dass »der Herr die Seinen zu sich ruft.«

Ihre Kinder konnten nicht zur Beerdigung kommen – zu weit die Anreise und zu viel Stress. »Aber komm uns doch zu Weihnachten besuchen. Das wird dir bestimmt guttun.«

Gretes Stimmung war die nächsten vier Wochen so bedrückt und grau wie der November. Apathisch saß sie in ihrem kleinen Haus herum, das plötzlich so leer war. Die ersten Tage verrichtete sie die täglichen Dinge wie in Trance. Sie kaufte ein, sie kochte sich etwas, sie ging schlafen und stand am nächsten Morgen auf, um genau dasselbe wie tags zuvor zu tun. Immer wieder machte sie sich Vorwürfe. Dann versuchte sie das, was geschehen war, zu verdrängen: den Streit in der Küche, Kunos letzte Worte, bevor er das Haus verließ, wie sie in den Keller gegangen war, um sich zu rächen … Sie mochte gar nicht mehr daran denken, und selbst um die Tür zum Keller machte sie jeweils einen großen Bogen. Vergessen war die Devise.

Zeit heilt alle Wunden, sagt das Sprichwort. Und tatsächlich fand bei Grete ein erstaunlich schneller Wandel statt. Im Dezember kam sie mehr und mehr zur Überzeugung, dass sie nicht schuld an Kunos Tod sei. Immer stärker wuchs in ihr die Erkenntnis: Kuno war selbst schuld an seinem Ableben. Hätte er sie nicht als »fetten Fisch« bezeichnet, wäre er jetzt noch am Leben.
Ja, genau!
Kuno war an allem schuld.
Er hatte den Streit begonnen.
Er hatte sie geohrfeigt.
Er hatte seinen Tod *selbst* herbeigeführt!

Zwei Wochen später, das Wetter war so bitterkalt und windig, wie man es selbst in Hamburg selten erlebte, kam Grete zu dem Schluss, dass sie ihren lange ersehnten Traum endlich in die Tat umsetzen konnte: eine Kreuzfahrt rund um die Welt.
Wozu sollte sie weiterhin sparsam sein? Um ihre undankbaren Kinder und Enkel, die sie in den letzten Jahren nie besucht hatten, zu beglücken? Und die nicht mal zu der Beerdigung ihres eignen Vaters gekommen waren?

Weitere zwei Tage später hatte Grete eine Kreuzfahrt der Superlative gebucht: einhundertsiebzehn Tage in einer Luxussuite auf einem Traumschiff, fast 50 000 Euro, einmal um die ganze Welt – Gretes Lebenstraum.

Abreise in zehn Tagen – am 24. Dezember.

Die Koffer standen gepackt im Flur. Grete hatte das Taxi zum Flughafen für sechs Uhr früh bestellt. Sie ging nochmals alles durch: Fenster geschlossen, Herd ausgeschaltet, Kühlschrank aufgetaut und ausgesteckt, Fernseher auch, das Telefon hatte sie für die nächsten Monate abgemeldet, alle Jalousien heruntergelassen. »Ja«, dachte sie, während sie sich den Mantel überzog, »es kann losgehen«. Die Nachbarn wussten, dass sie monatelang unterwegs sein würde, »die Kinder besuchen«, hatte sie gelogen.

Sie hörte das Brummen des Motors, als das Taxi vor dem Haus hielt, und wollte gerade die Tür öffnen, als es ihr siedend heiß durch den Kopf fuhr: die Heizung!

Wie habe sie nur vergessen können, die Heizung abzuschalten, schalt sie sich. Die würde den ganzen Winter über in Betrieb sein ... Herrgott noch mal, wozu heizen, wenn keiner da ist?

Sie hörte das Hupen des Taxis.

Die Heizung doch einfach eingeschaltet lassen?

Wieder hupte das Taxi.

Gretes Geiz obsiegte. Sie eilte durch den Korridor, riss die Tür zum Keller auf, schaltete das karge Licht ein und hastete, so schnell ihr massiger Körper dies erlaubte, die Treppe hinunter.

Grete fühlte sich eine Sekunde lang schwerelos, leicht wie eine Feder. Ihr fast zweihundert Kilogramm schwerer Körper stürzte in einem schon elegant zu nennenden Flug die Treppe hinab – einem Walfisch gleich, der mühelos durch das tiefe Blau des Meeres gleitet.

Die mehrfaserig geflochtene, reißfeste Kevlar-Angelschnur, die sie in ihrer Wut auf Kuno vor ein paar Wochen – nach ihrem Streit in der Küche – zwischen der dritten und vierten Treppenstufe gespannt und wegen des Telefonats mit dem Arzt vergessen hatte zu entfernen, war im düsteren Licht so gut wie unsichtbar.

Das Letzte, was sie in ihrem Leben sah, war das große Pappschild, das Kuno an die Kellerwand gehängt hatte und das sie vor ein paar Wochen so in Rage gebracht hatte.

Auf dem Pappschild klebte ein Ganzkörperfoto von Grete, und darunter stand groß und deutlich in Kunos Handschrift:

»Der fetteste Fisch der Welt.«

Dann und wann, selten zwar, aber dennoch kommt es vor, dass das Universum einem Menschen einen Lebenswunsch erfüllt. In diesem Falle hatte das Universum gleich zwei Menschen ihren Traum erfüllt – beinahe und postum zumindest.

Schwelbrand

Hildegard Krafft war keine Schönheit im klassischen Sinn. Zu groß, ein wenig zu dünn, die Brüste zu flach und der Kopf etwas zu lang – manch einer würde sich beim Anblick dieses Gesichts an ein Pferd erinnert fühlen.

Dennoch besaß sie eine erstaunlich erotische Ausstrahlung, die sie jedoch, mit Absicht oder nicht, gut zu tarnen wusste. Das lange, volle rötlichblonde Haar glänzte im Sonnenlicht so golden wie die Südsee im Sonnenuntergang. Die Tatsache, dass sie ihr Haar meist zu einem Dutt hochgesteckt trug, verlieh ihr jedoch das Aussehen einer strengen Anstaltsleiterin für schwer erziehbare Jugendliche. Dazu trug sie teure, betont konservative Kleidung. Im Sommer lange Röcke und im Winter Hosenanzüge. Darunter verbargen sich perfekt geformte, unendlich lange Beine, die in einen Po mündeten, so fest, satt und rund, um den sie jeder Teenager beneidet hätte. Freilich wusste kaum jemand um diese körperlichen Qualitäten.

Wozu auch? Denn bis zu ihrem vierzigsten Lebensjahr, das Hildegard Krafft gerade erreicht hatte, war ihr Aussehen für sie nicht besonders wichtig gewesen. Sie hatte relativ jung geheiratet und zwei Kinder gezeugt. Ihren Ehegatten liebte sie nicht. »Aber wen interessiert das schon, es gibt ja weitaus Wichtigeres in dieser Welt«, lautete ihr Credo. Er war Ornithologe. Seine ganze Leidenschaft und die Hälfte des Jahres galt der Erforschung von Vögeln. Auf allen Kontinenten war er unterwegs, um Lebensweisen zu beobachten und Flugstrecken zu vermessen. Den Rest des Jahres verkroch er sich in Büchern, um die Forschungsberichte anderer Ornithologen zu studieren. Zweimal war es ihm in den letzten zwanzig Jahren gelungen, neue Untergattungen einer Vogelspezies zu entdecken. Eine davon war sogar nach ihm benannt worden, wovon er ständig erzählte. Sex war Nebensache und hatte lediglich dazu gedient, für Nachkommen zu sorgen. Das war ja erledigt, also gab es keinen Grund mehr für »solch unnötige Beschäftigungen«. Hildegard hatte ihren Mann aus all diesen Gründen ausgewählt, als sie sich an der Universität kennengelernt hatten. Denn so konnte sie sich ausgiebig ums Geschäft kümmern.

Bis vor wenigen Wochen jedenfalls.

Sie hatte an einem eher langweiligen, aber wichtigen Kongress eine Rede gehalten. Nach dem offiziellen Teil war sie in die Hotelbar gegangen, um kurz bei einem Espresso und Wasser abzuschalten. Alkohol oder sonstige Genussmittel waren ihr zuwider. Ihr Vater hatte ihr immer eingebläut, dass nur schwache Menschen Drogen brauchen. Wie so oft musste sie ihm zustimmen. Vielleicht war es ihre innere Stärke, die andere Menschen als Kälte oder übermäßige Härte empfanden. Jedenfalls veranlasste dieser Fakt ihren Vater kurz vor seinem Tod, die Firma seiner ältesten Tochter zu überschreiben und seine beiden anderen Kinder mit ihren Pflichtanteilen, aber ohne jegliche Stimm- und Aktienrechte am Unternehmen abzuspeisen.

»Buona sera, Signora. Eine so schöne Frau wie Sie sollte den Abend nicht alleine verbringen.«

Hildegard dachte erst, sie habe sich verhört. Oder dass der Mann gar nicht sie angesprochen hatte. Sie schaute sich kurz um. Niemand zu sehen. Die Hotelbar war leer bis auf diesen Kerl, der mit seinem strichartigen Schnauzer, dem dunklen Teint, den fast schwarzen Augen und den blitzenden weißen Zähnen aussah wie die südländische Ausgabe von Clark Gable. Doch bevor sie ihm eine kühle Absage erteilen konnte, hatte er ihre Hand genommen und einen so sanften Kuss darauf gehaucht, dass es ihr buchstäblich die Sprache verschlug. War das eben ein wohliger Schauer auf ihrem Rücken gewesen?

»Verzeihen Sie mir meine Frechheit, aber ich muss es einfach sagen: Sie sind die bezauberndste Frau, die ich je gesehen habe.« Schwarze Augen voller Feuer tauchten tief in sie ein. »Darf ich mich vorstellen: Giorgio. Giorgio di Castelnuovo.«

Hildegard Krafft erlebte die Nacht ihres Lebens mit Giorgio. Sie hatte eine Sinnlichkeit genossen, die sie noch vor Kurzem als »dummes Zeug« abgetan hätte. Und sie hatte den ersten Orgasmus in ihrem Leben gehabt, nein, mehrere sogar, wenn man es genau nimmt. Ein Schwelbrand war in ihr entzündet, nach all den Jahren – entfacht von einem völlig Fremden.

Die nächsten Wochen trafen sie sich fast jeden Tag an wechselnden Orten. Meist in der Nähe von München, wo Hildegard lebte und sich der Hauptsitz der Firma befand. Giorgio war der perfekte Liebhaber. Er gab ihr das Gefühl, sie sei die einzige Frau auf der ganzen Welt – und das Zentrum seines Daseins. Zudem war er ein Gentleman alter Schule. Jederzeit bereit, ihr den kleinsten Wunsch von den Augen abzulesen. Der Sex wurde wilder, schamloser und schmutziger. Und Hildegard genoss es. So sehr, dass sie ihre Aufgaben in der Firma vernachlässigte, Vorstandssitzungen schwänzte, sich bei wichtigen Terminen vertreten ließ. Kurzum: Sie ging vollkommen auf in der Liebe und Leidenschaft zu ihrem Giorgio di Castelnuovo.

Es begann zunächst mit kleinen Beträgen.

Er habe seine Kreditkarte vergessen und müsse unbedingt zu einem Geschäftstermin nach Zürich. Ob sie ihm ein paar Hundert Euro leihen könne? Mit der Zeit wurden die erbetenen »Vorschüsse« größer; mal waren es Tausend, dann mehrere Tausend Euro. Je öfter Giorgio nach Geld fragte, desto absurder wurden seine Ausreden.

Für Hildegard waren die Beträge unerheblich. Sie gab ihm das Geld, ganz gegen ihre Vernunft, weil sie ihm damit einen Gefallen zu tun glaubte. Viel wichtiger war ihr das neu entdeckte Liebesspiel, die Leidenschaft und der wilde Sex, dem sie sich hemmungslos hingeben konnte.

Dann geschah es!

Es war Anfang Dezember. Sie waren in einem diskreten Spa-Hotel im Schwarzwald abgestiegen. Um diese Jahreszeit herrschte wenig Betrieb, man kannte Hildegard Krafft selbstverständlich. Wie immer stand die Penthouse-Suite für sie bereit.

Sie hatten eingecheckt, das Gepäck war bereits in

der Suite und Hildegard vorgegangen, um sich frisch zu machen, wie sie augenzwinkernd ihrem Geliebten mitteilte. Er wollte noch ein »wichtiges geschäftliches Telefonat« von der Lobby aus erledigen. In dem Moment, als Hildegard, nur mit einem Badetuch bekleidet, aus der Dusche kam, betrat Giorgio mit düsterer Miene das Zimmer. Statt sie zu küssen, herrschte er sie an: »Du musst mir Geld leihen.«

Hildegard lächelte: »Natürlich, mein Geliebter. Das hat aber sicher noch Zeit …« Ihr Blick wanderte vielsagend zum Bett, das einladend mitten in der Suite stand.

»Nein!«, schrie Giorgio.

Hildegard schaute ihn erschrocken an. Er packte sie hart an den Oberarmen.

»Ich brauche eine Million Euro. Und zwar sehr schnell. Jetzt!«

Bevor sie etwas erwidern konnte, schüttelte er sie und schrie: »Jetzt! Ich brauche das Geld sofort!«

Mit ungeahnter Kraft riss sich Hildegard los. Sie wollte antworten, suchte nach den passenden Worten. Er missverstand ihr Zögern, seine Wangen liefen rot an – plötzlich schlug er sie so hart ins Gesicht, dass sie taumelte. Er nutzte den Überraschungseffekt und stieß sie mit einem Ruck aufs Bett und setzte nach. »Du wirst mir eine Million Euro geben, und zwar heute noch, du verdammte deutsche Schlampe«, zischte er ganz nah über ihr. Und wieder schlug er zu. Dann legte er seine Hände um ihren Hals und drückte langsam zu. »Wenn du mich verpfeifst, wird dein Mann der Erste sein, der die Videos zu Gesicht bekommt!«

Sie fuhren noch am gleichen Tag nach München zurück. Giorgio hatte ihr die Aufnahmen gezeigt. Mit einer Minikamera hatte er jedes ihrer Treffen aufgenommen. In aller Deutlichkeit und in bester Qualität waren die sexuellen Ausschweifungen der sonst so seriösen Hildegard Krafft darauf zu sehen. Er drohte damit, die Aufnahmen öffentlich zu machen.

Hildegard hatte noch auf dem Weg nach München ihre Hausbank angerufen. »Eine Million Euro, gnädige Frau?«, fragte der Direktor am Telefon etwas erstaunt, um dann umgehend ein »Selbstverständlich, Frau Krafft« folgen zu lassen. Er wusste schließlich, wen er am anderen Ende der Leitung hatte.

Zwei Tage später saß Hildegard in Berlin in einem Café am Gendarmenmarkt. Ein scharfer Wind peitschte die ersten Schneeflocken durch die kalte Luft. Der Französische Dom und das Konzerthaus waren durch die beschlagenen Fensterscheiben kaum zu sehen. Sie trug eine große Sonnenbrille, um das blaue Auge zu verdecken. Während sie einen Umschlag mit Giorgios Foto und fünfzigtausend Euro Vorschuss über den Tisch schob, fragte sie mit kühler Stimme: »Man hat mir gesagt, dass Sie der Beste sind. Stimmt das?«

Der Mann mit dem wettergegerbten Gesicht verzog keine Miene, als er den Umschlag mit einer ruhigen Bewegung in seiner Manteltasche verschwinden ließ. »Geben Sie mir zwei Wochen Zeit, Frau Krafft.«

Drei Wochen später betrachtete Hildegard Krafft die kleine Terrasse des Cafés, die durch einige Tontöpfe mit Minipalmen von Gehsteig und Straße abgetrennt war. Der Himmel war wolkenlos und von einem Azurblau, das es in Deutschland so nicht gibt. Man wähnte sich im Mai und nicht im Dezember an diesem sonnigen Morgen hoch oben über den Dächern Neapels, mit einer fantastischen Sicht auf die Bucht, den Hafen und das im Sonnenlicht funkelnde Meer.

Ganz bewusst hatte sie ein leichtes Chiffonkleid von Chanel und dazu High Heels von Louboutin angezogen. Die schmale Ledermappe von Hermès unter dem Arm, offenes Haar und ein weißer breitkrempiger Hut, dazu eine Versace-Sonnenbrille vervollständigten das Bild einer äußerst eleganten Dame.

Der Mann saß ganz allein am Tisch, hatte eine Tasse Espresso vor sich stehen und las konzentriert in einer Zeitung. Die zahlreichen Passanten senkten, wenn sie auf der Höhe des Zeitung Lesenden waren, ihre Köpfe und beschleunigten ihre Schritte. Andere wiederum verlangsamten ihren Gang und nickten dem Mann kaum wahrnehmbar zu, um danach möglichst schnell diesen Abschnitt des Gehsteigs hinter sich zu bringen.

Direkt vor der Terrasse und im Parkverbot stand ein dunkelblauer Sportwagen, so schnittig und elegant, dass es einem die Sprache verschlug.

Zielstrebig, weder nach links oder rechts schauend, überquerte Hildegard Krafft die Straße und steuerte den Tisch an, an dem der Mann saß. Abrupt wurde sie von riesigen Pranken, die zu zwei ebenso riesigen Männern in dunklen Anzügen und Sonnenbrillen gehörten, gestoppt. »Geschlossene Gesellschaft.«

»Gehen Sie mir aus dem Weg!«, herrschte Hildegard Krafft die beiden Bodyguards in perfektem Italienisch an.

Die Pranken schlossen sich wie Stahlklammern um ihre Oberarme. »Nehmen Sie sofort die Pfoten von mir, Sie Affe. Wissen Sie überhaupt, wer ich bin?«

»Lasst die Signora los!«, befahl der Mann hinter der Zeitung. Er hatte nicht einmal aufgeschaut.

Sorgsam faltete er die Zeitung zusammen, machte eine knappe, einladende Bewegung und sagte: »*Ich* weiß, wer Sie sind. Bitte setzen Sie sich doch zu mir, Signora Krafft.« Er zauberte ein charmantes Lächeln hervor. »Ihr Bild vor ein paar Monaten auf dem Cover des Forbes Magazine – unvergesslich.«

Selbstverständlich wusste er ganz genau, wer sie war: eine der reichsten Frauen der Welt. Alleinerbin, Mehrheitsaktionärin und Vorstandsvorsitzende eines der größten internationalen Industriekonglomerate mit Hauptsitz in München, das unzählige Sparten wie Personenwagen, Nutzfahrzeuge, Maschinen und militärische Güter wie Panzer und Raketensysteme in seinem Portfolio bereitstellte.

Als sie ihm gegenübersaß und ihn musterte, musste Hildegard sich eingestehen, dass der Mann ganz und gar nicht wie ein Mafia-Boss aussah. Etwas kleiner als sie selbst, dazu ein sauber gestutzter, fast weißer Bart und ein mächtiger, gebräunter Kopf – eine Mischung aus Mario Adorf und Ernest Hemingway. Er hatte sich, ganz Gentleman, kurz erhoben, sich andeutungsweise verbeugt, ihr den Stuhl angerückt und sich wieder gesetzt. Dann hatte er einen wie aus dem Nichts aufgetauchten Kellner herangewunken und mit seiner angenehmen Stimme zwei Espressi geordert. Jetzt lehnte sich der Mann etwas nach vorne und fragte in akzentfreiem Deutsch: »Was kann ich für Sie tun, Frau Krafft?«

Die Angesprochene legte ihre Mappe auf den Tisch und griff hinein. Schon waren die beiden Leibwächter hinter ihr, die Hände an den Waffen in den Schulterholstern. Der Mann hob nur kurz seine Hand und sie waren wieder allein.

Die Firmenchefin legte ein Foto von Giorgio di Castelnuovo auf den Tisch. »Ich weiß auch, wer *Sie* sind, Don Vincenzo«, sagte sie mit ruhiger Stimme. »Und ich weiß, dass Giorgio Ihr Schwiegersohn ist.«

Don Vincenzo ließ sich nicht anmerken, wie sehr er seinen Schwiegersohn verabscheute. Dieser Nichtsnutz hatte es noch nicht mal zu einem Stammhalter gebracht. Glücksspiel und Frauen waren seine einzigen Passionen. Aber was sollte er machen? Seine einzige Tochter, Maria-Grazia, hatte sich unsterblich in diesen »Lazzarone«, diesen Faulpelz, verliebt. Und sogar gedroht, sie werde sich umbringen, wenn er ihr die Hochzeit verbieten würde.

Don Vincenzo schaute das Foto noch nicht einmal an, sondern erwiderte: »Er heißt nicht Giorgio di Castelnuovo, sondern Luigi Carozzo.«

»Ich weiß«, antwortete Hildegard knapp.

Don Vincenzo nickte kurz, sie schien ihre Hausaufgaben gemacht zu haben. Er nippte an seinem Espresso. »Hat er Sie erpresst?«

»Eine Million Euro.«

»Und jetzt wollen Sie nicht bezahlen und deshalb sind Sie hier.«

»Ich habe ihm das Geld bereits gegeben.«

Don Vincenzo schien einen Moment leicht irritiert.

»Ich hätte ihm auch das Doppelte bezahlt. Geld ist mir in dieser Angelegenheit nicht wichtig.«

Es war einer der seltenen Momente, in denen selbst ein Don Vincenzo verblüfft war. Eine außergewöhnliche Frau, wie es den Anschein machte, diese Hildegard Krafft.

»Nun, Sie haben ja auch genug davon«, antwortete er mit einem ironischen Lächeln.

»*Ich* verdiene mein Geld nicht mit Verbrechen, Don Vincenzo!«, kam es scharf zurück.

Don Vincenzo stellte die Tasse ab und lehnte sich leicht nach vorne, seine Stimme klang plötzlich gefährlich frostig: »Ihr Vater und Großvater haben die Motoren, Panzer und Waffen an die Nazis geliefert, damit diese Verbrecher die halbe Welt in Schutt und Asche legen konnten. Und es waren Teile Ihrer Firma, die die Öfen und Gaskammern in den KZs gebaut haben, um sechs Millionen Juden darin ›endzulösen‹.«

Er schaute sie scharf an, doch sie wich seinem Blick nicht aus, als er weitersprach: »Meine Mutter und mein Vater waren noch Kinder. Sie lebten in einem Dorf keine dreißig Kilometer von hier. Eines Morgens kamen die deutschen Soldaten. Die SS-Einheiten befanden sich auf dem Rückzug vor den Amerikanern. Das Dorf war weder strategisch wichtig noch von sonstiger Bedeutung. Dennoch trieben die Nazis alle Dorfbewohner zusammen. Sie mussten ihr eigenes Grab ausheben, bevor sie massakriert wurden. Männer, Frauen und Kinder. Nur meine Mutter und mein Vater konnten sich in einer kleinen Höhle verstecken und überlebten.«

Don Vincenzo schlug mit der flachen Hand hart auf den Tisch. »Erzählen Sie mir also nichts von Recht und Unrecht, *Frau Krafft!*«

Die beiden Hünen waren erneut aufgetaucht und hatten sich neben ihr aufgebaut. Aber Hildegard blieb ganz ruhig und erwiderte gelassen: »Ich war zu der Zeit noch nicht einmal geboren, Don Vincenzo.«

Er schaute sie kurz an, dann lehnte er sich wieder zurück. Seine Stimme klang weich. »Sie haben recht, Signora. Doch lassen Sie uns nicht mehr über die Vergangenheit sprechen. Heute ist so ein wunderschöner Tag. Man könnte meinen, es sei Frühling und nicht schon bald Weihnachten. Das Leben ist zu kurz, um sich zu streiten. Man sollte vielmehr die schönen Dinge genießen.«

Er deutete auf den blauen Sportwagen vor der Terrasse und seufzte. »Sehen Sie den Wagen? Das ist mein Traum. Wenn der Herrgott in seiner großen Gnade mir noch etwas Lebenszeit gibt, möchte ich diesen Prototypen zum schnellsten und besten Sportwagen der Welt machen. So wie es Ihr Ferdinand Porsche geschafft hat.« Unvermittelt schaute er ihr direkt in die Augen. »Im Grunde bewundere ich Sie. Die Deutschen sind so zielstrebig, so genau, pünktlich und präzise. Wenn ihr etwas macht, dann richtig. Ob es nun ein Krieg ist oder Maschinen – in allem, was ihr tut, seid ihr das pure Gegenteil von uns Italienern.«

Der Detektiv aus Berlin hatte hervorragende Arbeit geleistet. Hildegard Krafft wusste, dass Don Vincenzo einer der gefährlichsten Verbrecher der Welt war. Drogen, Waffen, Menschenhandel, illegale Müllentsorgung aller Art, inklusive Atommüll, den seine Leute in Brückenpfeiler eingossen oder draußen im Meer versenkten. Es gab nichts, was dieser Mann nicht tun würde. Der Traum von der eigenen Sportwagenschmiede stimmte auch – so wie es im Bericht des Detektivs gestanden hatte. Und dass die Prototypen oft enorme Probleme mit den Motoren und der Elektrik hatten und es auf den Testfahrten immer wieder zu Fahrzeugbränden gekommen war, war auch in dem Bericht erwähnt.

»Warum sind Sie hier?«, durchbrach Don Vincenzo die Stille.

»Ich will Genugtuung.«

Er lachte laut auf und schaute sie belustigt an. »Sie wollen *was?*«

»Ihr Schwiegersohn hat mich zutiefst gekränkt und meine Gefühle verletzt. Er hat mich in schändlichster Weise belogen. Ich will, dass Sie ihn dafür zur Rechenschaft ziehen.«

Don Vincenzo mochte nicht glauben, was er soeben gehört hatte. Er schloss kurz seine Augen und überlegte. Als er sprach, klang seine Stimme wie das Zischen einer Königskobra, kurz bevor sie zubeißt. »Sie haben den Mut und die Frechheit, zu mir zu kommen und von mir zu verlangen, dass ich den Mann meiner einzigen Tochter umbringen soll, nur weil Sie auf seine Hochstaplermasche hereingefallen sind?«

Blitzschnell packte er ihr Handgelenk. »Ich könnte Sie auf der Stelle töten und verschwinden lassen. Und wissen Sie was, Signora Krafft? Kein einziger Passant würde etwas gesehen oder gehört haben. Niemand von all den Leuten, die an uns vorbeigehen oder gerade aus den Fenstern schauen, würde sich je erinnern, eine elegante, große, blonde Frau heute hier am Tisch gesehen zu haben.«

Abrupt ließ er ihr Handgelenk los und stand auf.

Eine dunkle Limousine war vorgefahren. Zwei weitere Leibwächter stiegen aus. Don Vincenzo nahm das Jackett, das ihm gereicht wurde, zog es an und sagte: »Gehen Sie nach Hause, Signora. Und seien Sie froh, dass ich kein Unmensch bin, sondern Sie dafür bewundere, wie Sie Ihren Konzern führen.«

Hildegard Krafft hatte kaum eine Regung gezeigt. Doch nun griff sie erneut in ihre Mappe, zog einen Umschlag hervor und legte ihn auf den Tisch. »Vielleicht wird Sie *das* hier umstimmen.«

Der Mehrklang der Türklingel hallte durch die pompöse Villa. Giovanna, die etwas rundliche Hausangestellte, begleitete den Maresciallo der Carabinieri von Neapel persönlich in Don Vincenzos Arbeitszimmer.

Als der Maresciallo vor Don Vincenzos großem Schreibtisch stand, nahm er seine Dienstmütze vom Kopf, verbeugte sich und stammelte nervös: »Don Vincenzo … es ist etwas Furchtbares geschehen. Ihr Schwiegersohn …«

Seine Stimme versagte. Er wusste, vor wem er stand, und er kannte Don Vincenzos Jähzorn. Unzählige Menschen hatten schon ihr Leben gelassen, nur weil sie ein falsches Wort gesagt oder Don Vincenzo eine schlechte Nachricht überbracht hatten. Dem

Maresciallo stand der Angstschweiß auf der Stirn. Er war sich sicher, dass er den Untergang der Sonne heute nicht mehr erleben würde. Aber es half alles nichts. »Ein Unfall … Don Vincenzo … es war …«

Zum Erstaunen des Maresciallo bebte Don Vincenzos Stimme, als er ihn unterbrach, während er das gerahmte Foto mit seinem Schwiegersohn Luigi darauf betrachtete, das auf seinem Schreibtisch vor ihm stand. Mit Tränen in den Augen sagte er: »Ich weiß, Comandante. Man hat es mir schon berichtet. Eine schreckliche Sache. Eine Tragödie. Ich hatte ihn noch gewarnt: ›Fahr nicht zu schnell mit dem Prototyp, Luigi.‹ Aber diese jungen Leute hören einfach nicht zu …« Seine Stimme versagte.

Dem Maresciallo fiel ein Stein vom Herzen. Er dankte Gott mit einem stummen Stoßgebet für dessen Gnade. Gleich nachdem er das Haus von Don Vincenzo verlassen hätte, würde er zur Kapelle San Maria di Jesu gehen und Kerzen anzünden.

»Die deutsche Polizei hat uns mitgeteilt, dass nichts mehr zu machen gewesen sei. Der Wagen sei mitsamt Ihrem Schwiegersohn völlig ausgebrannt. Mitten auf der Autobahn kurz vor München und …«

»Ich weiß, ich weiß. Ein Schwelbrand des Motors. Dasselbe Problem, das wir schon immer hatten mit dem Wagen«, fiel ihm Don Vincenzo mit belegter Stimme ins Wort. Dann stand er auf, ging um den Schreibtisch herum und legte seine Hand auf die Schulter des Maresciallo: »Aber in meiner unsäglichen Trauer um meinen Schwiegersohn gibt es auch einen Lichtblick. Gerade vor ein paar Tagen konnten wir ein Abkommen zur Zusammenarbeit abschließen. Es wird uns erlauben, den besten Sportwagen der Welt hier in Neapel zu bauen. Es werden viele neue Arbeitsplätze entstehen, Comandante.«

Der Maresciallo bebte vor Ehrfurcht, als er zum Abschied Don Vincenzos Hand küsste. Was für ein Mann, der trotz der Trauer um seinen Schwiegersohn das Wohl der Menschen, des Landes und der Stadt im Auge hatte.

Als er wieder allein war, legte Don Vincenzo das Zusammenarbeitsabkommen, das ihm Hildegard Krafft vor ein paar Tagen, bereits von ihr unterschrieben, in dem Café überreicht hatte, mit einem zufriedenen Lächeln in eine Schublade, nahm das Foto von seinem Schwiegersohn in die Hand und sagte lächelnd: »Mächtige Frauen sind wie Sportwagen, Luigi – man muss wissen, wie man mit ihnen umgeht.«

Dann warf er das Bild mitsamt dem Rahmen in den Abfalleimer.

Fallbeispiel

Manchmal gibt es zwei Menschen – eineiige Zwillinge seien hier ausgeschlossen –, die aus einem unerfindlichen Grund »gleichgeschaltet« wirken. Sie denken fast identisch, fühlen häufig das Gleiche zur selben Zeit, werden am selben Tag und im selben Jahr geboren und handeln unabhängig voneinander deckungsgleich. Man darf solche Menschen mit Fug und Recht als »seelenverwandt« bezeichnen. Und manchmal führt das Schicksal oder das Universum – oder wer auch immer – diese seelenverwandten Menschen zusammen.

Jean-Luc und Marine waren solche Menschen. Mehr noch: Sie waren nicht nur genau am selben Tag und im selben Jahr geboren, sie waren auch im selben Land und in derselben Stadt zur Welt gekommen. Sie hatten sogar fast genau zur gleichen Stunde das Licht der Welt erblickt.

Schon als Kinder dachten sie fast identisch, sie fühlten fast deckungsgleich wie der jeweils andere, ohne dass sie sich die ersten siebzehn Jahre ihres Lebens jemals getroffen hätten. Auch die äußeren Bedingungen ähnelten sich: Sie stammten beide aus gutem Hause und genossen eine behütete Kindheit und Jugend. Schon früh wurde ihnen eingebläut, dass sie etwas Besonderes seien und demzufolge den normalen Menschen überlegen. Was auch stimmte: Jean-Luc und Marine waren hochbegabt und schrieben in der Schule nur Bestnoten.

Im Alter von siebzehn Jahren trafen sie sich das erste Mal, und zwar dort, wo sie sich treffen mussten: in Frankreichs Kaderschmiede, der ENA. Die Eliteuniversität École Nationale d'Administration schult alle potenziell Mächtigen des Landes und formt aus normalen Menschen stromlinienförmige Technokraten. So auch Jean-Luc und Marine.

Unnötig zu erwähnen, dass es Liebe auf den ersten Blick war – schließlich waren Jean-Luc und Marine seelenverwandt. In der Mensa starrten sie sich bei der ersten Begegnung sekundenlang an und vergaßen das hektische Treiben um sie herum.

»Hallo.«
»Hallo.«
»Jean-Luc.«
»Marine.«

Von diesem Moment an war es um die beiden geschehen. Schlagartig war ein Feuer entfacht, so unauslöschlich wie die Kernschmelze eines Nuklearreaktors. Kaum ein Jahr später heirateten sie – gegen den Willen ihrer Eltern.

Die nächsten zehn Jahre waren ein einziger Traum. Das Paar studierte und promovierte zusammen in Ökonomie – Abschluss mit summa cum laude und Forschungspreis.

Kinder wollten sie nicht. Karriere machen und Spaß am Leben haben, das war ihr Credo. Sie wähnten sich einer Kaste von Menschen zugehörig, die auf traditionelle Werte verzichten konnte. Rücksichtnahme, Bescheidenheit, Hilfsbereitschaft, Nächstenliebe – diese Begriffe waren ihnen absolut fremd. Für sie zählten nur zwei Dinge: Erfolg und Geld!

Hindernisse wurden aus dem Weg geräumt, Probleme wurden gelöst – so hatten sie es an der Universität gelernt, mithilfe unzähliger Fallbeispiele. So beurteilten Marine und Jean-Luc auch das Leben anderer Menschen: als Fallbeispiele. Die Welt als ein gigantisches Videospiel, bei dem *sie* die Spieler waren und die Menschen um sie herum Akteure, die man steuerte oder »abschoss«. Das Ziel des Spiels lautete: maximaler Spaß bei möglichst großer Punktzahl. In ihrem Fall waren das Geld und Macht.

Jean-Luc und Marine verstanden sich als eine Art Götter, die dem Rest der Menschheit nicht nur überlegen waren, sondern auch den Mut hatten, Sachen zu machen, die normale Menschen nie wagen würden.

Ganz zu Beginn, noch während des Studiums, packte sie der Reiz, Dinge zu tun, die anderen völlig absurd erschienen. Gleich nach der Hochzeit ließen sie von einem Notar ein Testament aufsetzen, in dem sie alle künftigen Vermögenswerte dem jeweils anderen vermachten. Nicht ungewöhnlich, doch der zweite Teil des Testamentes entlockte selbst dem Notar, der schon viele absurde Dinge erlebt hatte, ein Stirnrunzeln. Die Verfügung war legal, aber eindeutig verrückt. Er erklärte es sich mit ihrer Jugend und beruhigte sich mit dem Gedanken, dass das Testament ja jederzeit geändert werden konnte, sollten es sich die beiden später anders überlegen.

Nach Studium und Promotion machten Marine und Jean-Luc Karriere bei zwei der größten Banken Frankreichs. Ihr Leben bestand aus Arbeit, sehr viel Arbeit. Und noch mehr Geld, das sie Jahr für Jahr mehrten.

Erst verkauften sie Bankprodukte an Menschen, die keine Ahnung hatten, wie diese Produkte funktionierten, und irgendwann feststellen mussten, dass am Ende immer die Bank gewann.

Fallbeispiele.

Später schwatzten sie überschuldeten Privatpersonen und Kleinfirmen Kredite auf, die diese nie im Leben zurückzahlen konnten. Manch einer wurde in den Ruin getrieben und beging Selbstmord.

Fallbeispiele eben.

Danach arbeiteten sie im Devisenhandel und jonglierten mit Millionen, die ihnen nicht gehörten. Auch hier galt das Credo: Gewinnmaximierung um jeden Preis.

Und wenn es schiefging – no problem, für die beiden ein Spiel, ein Fallbeispiel.

Und das Wichtigste: Alle diese Fallbeispiele würde man für die nachfolgenden Studentinnen und Studenten an den Eliteuniversitäten dieser Welt verwenden – ohne dass auch nur einer daraus eine Lehre ziehen würde.

Jean-Lucs und Marines Liebe zueinander wuchs mit jedem Jahr. Sie waren immer der gleichen Meinung, sie mochten und hassten dieselben Dinge. Kinder waren ihnen ein Gräuel, Haustiere lärmend und schmutzig. Freunde hatten sie keine, denn niemand hielt es lange mit ihnen aus.

Ihre größte Leidenschaft galt ausgefallenen Sportarten. Sie bestiegen die höchsten Berge, unternahmen die gewagtesten hochalpinen Skitouren, es musste River-Rafting in den reißendsten Flüssen sein und Bungee-Jumping aus den höchsten Seilbahnen. Kaum eine Extremsportart, die sie nicht ausprobierten.

Eine zweite Passion kam hinzu: Sie spielten einander die verrücktesten Streiche. Zu Beginn waren es harmlose Aktionen: Juckpulver im Bett, Salz im Morgenkaffee oder ein zugenähter Ärmel. Mit der Zeit wurden ihre Streiche immer derber, denn sie fanden es spaßig, sich gegenseitig mit einem noch spleenigeren Streich zu überflügeln.

Ihre absolut bevorzugte Sportart war jedoch das Fallschirmspringen – im freien Fall aus immer größeren Höhen dem Tod trotzen, furchtlos der Leere entgegenstürzen, im letzten Augenblick zusammen die Reißleine ziehen, um dann gemeinsam zurück auf den Boden zu schweben: Das verschaffte ihnen den Adrenalinschub, den sie begierig suchten.

Fünf Jahre nach ihrer Hochzeit kauften sie sich eine geräumige Altbauwohnung im vornehmen sechzehnten Pariser Arrondissement nahe beim Jardin du Trocadéro, auf der Anhöhe von Chaillot. Drei Meter hohe Räume, Parkettboden, große Fenster, Türen aus altem Eichenholz und eine atemberaubende Aussicht auf Paris, für die manch einer seine Großmutter verkaufen würde. Sie richteten die Wohnung ganz nach ihrem Charakter ein: ein Traum in Weiß – mit dem Charme einer Tiefkühltruhe.

Zu ihrem zehnten Hochzeitstag hatten sie sich etwas ganz Besonderes ausgedacht.

Der Tag war geplant als »gegenseitiges Dankeschön für die beste Zeit unseres Lebens«. Marine und Jean-Luc hatten sich detailliert vorbereitet und – wie sollte es anders sein – die gleiche Idee gehabt, um dem anderen ein außergewöhnliches Ereignis zu bieten.

Der Tag hätte idealer nicht sein können: Ein kalter Dezembermorgen, kaum Wind und ein klarer Himmel begrüßten die beiden, als sie sich im Morgengrauen auf den Weg Richtung Versailles machten. Wie immer war alles bis auf die Minute geplant und musste so auch ausgeführt werden.

Pünktlich wartete der Pilot der zweimotorigen Turboprop-Maschine, die sie auf fast fünftausend Meter Höhe hochschrauben würde. Zur Feier des Tages tranken sie im Hangar Champagner, »auf weitere unzählige Jahre des glücklichen Zusammenseins«.

Die Maschine hatte die Absprunghöhe erreicht, die Lampe sprang auf Grün, und Jean-Luc und Marine sprangen zeitgleich aus dem Flugzeug.

Mit rasanter Geschwindigkeit flogen sie der Erde

entgegen. Wie zwei Adler im Sturzflug umkreisten sie sich lachend, dann und wann ganz nahe, dann wieder weiter auseinander.

Freier Fall.

Adrenalin pur.

Bei einem Fallschirmabsprung mit freiem Fall aus fünftausend Metern Höhe wird die Öffnungshöhe nach etwa einer Minute erreicht. Sollte sich der Fallschirm nicht öffnen, dauert die Zeit bis zum Aufschlag am Boden etwa eineinhalb Minuten. Neunzig Sekunden können eine Ewigkeit sein.

Nach etwa zwanzig Sekunden im freien Fall spürte Jean-Luc einen Schweißausbruch und zugleich eine gewaltige Erektion, die sich zwischen seinen Beinen bemerkbar machte. Er versuchte beides zu ignorieren, denn es war Zeit, Marine seine Überraschung zu präsentieren. Mit den Armen gestikulierend und auf sie zusteuernd, wollte er ihr seine »Überraschung« mitteilen.

Warum ihm schwindlig war und warum er gerade jetzt eine verdammte Erektion in seiner Hose hatte, konnte er sich beim besten Willen nicht erklären.

Marine amüsierte sich sehr. Sie wusste, was mit Jean-Luc geschah.

Sie bekamen sich an den Händen zu fassen.

Noch zehn Sekunden bis zur Öffnungshöhe.

Jean-Luc schrie Marine ins Ohr: »… komm her … sich nicht … halt dich … ganz fest an mir …!«

Marine missverstand seine Worte völlig. Sie nahm an, dass er aufgrund ihrer Überraschung – sie hatte ihm eine ziemlich hohe Dosis mit dem Champagner verabreicht – sich im freien Fall mit ihr vergnügen wollte. »… super Wirkung, das Mittel … du geiles Schweinchen …!«, schrie sie zurück.

Noch fünf Sekunden bis zur Öffnungshöhe.

Keiner von beiden hatte richtig begriffen, was der jeweils andere mit den kaum verständlichen Wortfetzen gemeint haben könnte, während sie, sich immer noch an den Händen haltend, mit wahnwitziger Geschwindigkeit in Richtung Erde rasten.

Plötzlich traf eine Turbulenz die beiden mit voller Wucht und riss sie auseinander.

Noch drei Sekunden bis zur Öffnungshöhe.

Jean-Lucs Blutdruck fiel rapide, ihm wurde schwindlig, einen kurzen Moment gar schwarz vor Augen, aber mit fast übermenschlicher Anstrengung schaffte er es erneut, auf Marine zuzufliegen und sie wieder an den Händen zu packen. Sein Lächeln misslang.

Noch eine Sekunde bis zur Öffnungshöhe.

Als Jean-Luc seine Reißleine ziehen wollte, schlug die potenzierte vasodilatative Wirkung des Viagra-Pulvers, das ihm Marine in den Champagner gemixt hatte, mit voller Wucht zu. Eine Faust aus Stahl krallte sich um sein Herz. Instinktiv ließ er Marine los und fasste sich an die Brust. Die Reißleine erreichte er nicht mehr, das Herzkammerflimmern war so schmerzhaft, dass er an nichts anderes mehr denken konnte.

Während Marine nicht wusste, was mit Jean-Luc geschah, begriff sie schlagartig, was die Wortfetzen, die er ihr zugeschrien hatte, bedeuteten.

Alles Ziehen an ihrer Reißleine half nichts. Jean-Luc hatte ganze Arbeit geleistet an ihrem Fallschirm.

»Sie wird Augen machen«, hatte er sich gefreut.

Er sollte recht behalten – Marine machte in der Tat große Augen.

Jean-Luc konnte nicht ahnen, dass er nicht in der Lage sein würde, Marine sicher an *seinem* Schirm zu Boden gleiten zu lassen, genauso wenig wie Marine wissen konnte, dass Jean-Luc seit Kurzem und ohne ihr Wissen aufgrund eines kleinen Herzproblems Nitroglyzerintabletten einnahm – alles in allem eine absolut tödliche Kombination.

Der letzte Gedanke, den beide zugleich hatten, als sie der Erde entgegenrasten wie zwei gefallene Götter, war: »Fall – bei – Spiel.«

Man durfte die beiden mit Fug und Recht als seelenverwandt bezeichnen.

Der Leiter des Tierheims in einer Banlieue von Paris, das sich hauptsächlich um Hunde und Katzen kümmerte, die von ihren Besitzern ausgesetzt oder misshandelt worden waren, konnte sein Glück nicht fassen, als er im Büro des Notars saß, der ihm gerade eröffnet hatte, dass seiner Institution das gesamte Vermögen – immerhin fast vier Millionen Euro – der tragisch verstorbenen Eheleute Jean-Luc und Marine Dupond-Delatour vermacht worden war.

Als er das Büro des Notars verlassen hatte und in die weihnachtlich geschmückte, funkelnde Champs-Élysées eingebogen war, um dort die Metro zu nehmen, hielt er einen Moment inne und murmelte mit einem Blick gen Himmel überglücklich: »Es gibt sie also doch noch, die guten Menschen auf dieser Welt. Gott sei Dank.«

Schwarze Mamba

Baroness Elizabeth Chesforworth of Borowshire musterte ihr Gegenüber mit derselben Mischung aus Neugier und Abscheu, mit der sie ein riesiges Insekt durch die sichere Barriere einer Glasscheibe bestaunen würde.

Wie ein Insekt sah Jonny (wohl kaum sein richtiger Name, wie die Dame des Hauses korrekterweise annahm) nicht aus. Eher wie eine Ratte. Ein länglicher Kopf, etwas zu schmal zulaufende, dünne Lippen, eine spitze Nase und weit auseinanderstehende Knopfaugen, die unentwegt den Raum wie das Radar eines Flughafentowers abtasteten. Das herausragendste Merkmal in Jonnys Gesicht waren jedoch seine Zähne: allesamt goldgelb und dazu zwei Schneidezähne, Baggerschaufeln nicht unähnlich, die lang, breit und unübersehbar hinter seiner Oberlippe hervorlugten und sogar ein gutes Stück über die Unterlippe ragten.

Jonny versuchte, die Frage von Baroness Elizabeth zu beantworten: »Gartenarbeit? Mhmm ... ähmm ... ja, klar, kann ich.« Sein umherstreifender Blick schien jeden Gegenstand in diesem Raum umgehend nach dessen potenziellem Hehlerwert zu taxieren: den Mahagoni-Schreibtisch, den Perserteppich auf dem eleganten Parkettboden, die Gemälde an den Wänden mit Szenen der Jagd, die Biedermeier-Sitzgruppe mit dem niedrigen Eichenholztischchen und mehrere Vitrinen. Die kleineren enthielten Holzmasken, Statuetten, Kurzspeere, Bumerangs und viele andere, meist afrikanische oder australische Objekte. In den höheren Vitrinen waren antike Schusswaffen, Schwerter und Degen zu sehen, ebenso wie diverse Messer und weitere Stichwaffen, wie sie Jonny noch nie gesehen hatte. Aber sein Gaunerinstinkt hatte ihm längst signalisiert, dass alles in diesem Raum echt und wertvoll sein musste. Selbst der mächtige kristallene Kronleuchter an der Decke musste »ein Bein und Arm wert sein«, schoss es Jonny durch den Kopf, während sein Blick erst die rötlich flackernden Flammen im Kamin streifte und dann einen Augenblick an der Vitrine, die mitten im Raum stand, hängen blieb. Jonny war sichtlich irritiert, denn es war für ihn schwer verständlich, was eine Glasvitrine, die zudem die Ausmaße eines kleinen Sarges hatte, wert sein könne, wenn sich darin bloß Sand und Steine befanden. Dass es sich dabei um ein Terrarium handelte, kam Jonny nicht in den Sinn.

Das Faszinierendste in diesem imposanten Raum, das jedem, der diesen das erste Mal betrat, vor Staunen den Mund offen stehen ließ, waren die präparierten Tierköpfe an den Wänden. Nicht etwa Hirsch und Reh, nein, an diesen Wänden hingen die stolzen Jäger und Gejagten Afrikas: Löwe, Leopard, Gepard, Pavian, Zebra, Gnu und noch ein paar weitere, die Jonny nicht identifizieren konnte. Selbst ein Paar Stoßzähne eines einst mächtigen Elefanten hingen, mittels mehreren Stahlklammern befestigt, an der Wand.

Jonny vernahm Baroness Elizabeths ungeduldiges Hüsteln, was ihn bewog, hastig »Gartenarbeit … sicher … kann ich machen«, zu stottern.

Noch nie war ihm eine Frau wie sie begegnet. Vor knapp fünfzehn Minuten hatte sie ihm persönlich die Eingangstür geöffnet und sich ihm als »Mylady« vorgestellt. Schnurstracks hatte sie ihren Gast in das »Arbeitszimmer ihres Mannes« gebracht – wie sie es nannte. Aber dieses »Arbeitszimmer« war eigentlich ein veritabler Saal – so riesig war der Raum, in dem sie jetzt saßen.

Baroness Elizabeth stammte aus einer urenglischen Familie mit einem Stammbaum, der sich bis ins 11. Jahrhundert zurückverfolgen ließ. Ihr Alter war nicht zu schätzen, schon gar nicht für einen wie Jonny, der sein halbes Leben in Waisenhäusern und die andere Hälfte im Knast verbracht hatte.

Sie sah so kühl, so blond, so vornehm blass aus, dass es den Anschein machte, sie habe einen Teil ihres Blutes mit Absicht abgelassen. Zudem war sie ein Meisterwerk der Gefasstheit; nichts konnte sie durcheinanderbringen oder in Aufregung versetzen. Und obwohl sie nicht im klassischen Sinne schön war, umgab sie die magnetische Anziehungskraft der Schönheit. Wenn sie einen Raum betrat, verstummten alle Gespräche, um einer Stille Platz zu machen. Einer Stille, die so mächtig war, dass die Moleküle um sie herum einfroren, um sich danach neu zu ordnen. Ihre Augen waren von einem blassen Blau und lagen eng beisammen, ihre Ohren waren klein und saßen flach am Kopf. Ihr Oberkörper zog sich lang gestreckt und schmal über der Taille hinauf wie bei einem eleganten Schneeleoparden. Sie schien direkt einem alten Meister aus dem Bilderrahmen getropft zu sein, denn sie strahlte die strenge Kühle einer Madame Cézanne, gemischt mit der magischen Anziehungskraft der unzähligen Mädchenporträts eines Pierre-Auguste Renoir aus. Zudem glitt sie mit der unnachahmlichen Eleganz einer mit Raketen bestückten Fregatte durch ihr Dasein – jederzeit bereit, alles, was sich ihren Zielen und Wünschen in den Weg stellte, zu versenken.

Alles war perfekt im Leben von Baroness Elizabeth Chesforworth of Borowshire – wäre da nur nicht dieses *eine* Problem gewesen.

»Sie sind also vertraut mit der Pflege alter Buxus-sempervirens-Hecken?«, fragte sie noch einmal höflich nach.

»Ähm ... ja sicher ...« Jonny hatte keine Ahnung, was ein Buxus-Dings war.

»Und auch das händische Schneiden der Taxus baccata sowie der jährliche Beschnitt des Quercuses und die fachmännische Handhabung der Pruni avium dürften demzufolge kein Problem für Sie darstellen?«

»Ja, ja ... alles kein Problem, Mylady.« Jonny war verwirrt.

»Sehr schön. Und welche Pflegemethode bevorzugen Sie bei der Phalaenopsis hieroglyphica?«, hauchte Mylady.

Jonnys Rücken krümmte sich, seine Augen verengten sich zu Schlitzen, er hatte nichts von dem verstanden, was diese Frau ihn gefragt hatte. Ein eigenartiger Zischlaut war alles, was er über seine Lippen brachte. Seine Muskeln spannten sich – es war wohl besser, sich aus dem Staub zu machen. Die schneidende Stimme, der herrische Befehlston und der autoritär-aristokratische Blick erinnerten ihn an die Wärter im Knast, an die Zuchtmeister, die er in den Jugendheimen hatte ertragen müssen, und an deren Prügel.

»*Wo ist der Tresor?*« Die Frage traf Jonny wie ein Eispickel in den Nacken. In einer reflexhaften Bewegung deutete sein Finger auf die unscheinbare Kommode, die zwischen dem riesigen Terrarium und der mit afrikanischen Skulpturen gefüllten Vitrine stand.

Baroness Elizabeths Lippen verzogen sich für den Hauch einer Sekunde zu einem schmalen Lächeln. Sie hatte endlich die Lösung für ihr Problem gefunden.

Sechs Wochen später war es so weit. Ein kalter Wind ging an diesem Dezemberabend. Jonny hatte sich im weitläufigen Park hinter einer Hecke versteckt und auf das vereinbarte Lichtsignal gewartet. Sie hatten ausgemacht, dass Baroness Elizabeth das Licht in ihrem Schlafzimmer zweimal kurz an- und ausschalten würde, sobald der »Herr des Hauses« eingeschlafen wäre.

Kaum blitzte das Licht auf, machte sich Jonny auf den Weg, um durch das Kellerfenster einzusteigen. Seine Auftraggeberin hatte es offen gelassen. Auf dem Rückweg würde er das Fenster aufstemmen, damit alles nach einem Einbruch aussah.

Nachdem Jonny sich durch sein Verhalten als Ganove und Einbrecher (und nicht als Gärtner) entlarvt hatte, schlug ihm Baroness Elizabeth einen »Deal« vor.

»Mylord wird kurz vor Weihnachten von einer seiner Afrikareisen zurückkommen. Wie ich ihn kenne, wird er umgehend in sein Arbeitszimmer gehen und einen Bourbon oder auch zwei zu sich zu nehmen, um danach die halbe Nacht seine Jagdeindrücke niederzuschreiben.«

Schnell hatte sie ihn über das wahre Wesen ihres Mannes aufgeklärt: »Er ist ein kleiner, runder, fetter Amerikaner, der das Glück hatte, von seinem Vater unzählige Ölquellen zu erben, diese für unermesslich viel Geld zu verkaufen, und dessen einziges Hobby es ist, etwelche Biester in Afrika zu schießen und die Trophäen an die Wand zu hängen.«

Warum sie ihn geheiratet hatte, erzählte sie Jonny gleich mit. Sie habe diesen »Nichtsnutz von Möchtegern-adeligen-Großwildjäger« nur deshalb geheiratet, um das geliebte Anwesen ihrer Familie und die zugehörigen Ländereien nicht an irgendeinen »neureichen Vollidioten« verkaufen zu müssen. »Das hätte meinem Vater selig das Herz gebrochen«, beendete sie ihre nicht ganz wahrheitsgetreue Erklärung. Denn es war die Spielsucht seiner Lordschaft Charles Chesforworth of Borowshire III. gewesen, die seine

Frau in den Selbstmord und seine einzige Tochter in den finanziellen Ruin getrieben hatte. Seine letzten Worte auf dem Sterbebett hatte Baroness Elizabeth immer noch deutlich im Ohr: »Verzage nicht, meine Tochter. Die Vorsehung wird es richten!«

Doch all dies brauchte dieser grässliche Jonny nicht zu wissen, schließlich war er nur ein Werkzeug zur Lösung ihres Problems – nämlich des vorzeitigen Ablebens ihres Ehegatten.

Bis jetzt verlief alles genau nach Plan.

Jonny erreichte über die Treppe die Eingangshalle. Er war ganz in Schwarz gekleidet und hatte sich, wie bei seinen Einbrüchen zuvor, eine Wollmütze tief über die Stirn gezogen. Leise schlich er die geschwungene Treppe hoch in den ersten Stock und dann auf Zehenspitzen den Korridor entlang bis zur Tür des Arbeitszimmers des Hausherrn.

Sachte öffnete er die Tür einen Spaltbreit. Wie von Baroness Elizabeth angekündigt, saß ihr Ehemann am Schreibtisch. Sein Kopf lag auf der Schreibtischplatte aus edlem Mahagoniholz und sein Schnarchen erfüllte den Raum wie das monotone Brummen eines Schiffsdiesels. Offensichtlich hatte die Lady Wort gehalten und dem Kerl ein starkes Schlafmittel in den Bourbon gemixt. Jonny nahm wie vereinbart einen der schweren Kerzenständer vom Kaminsims, stellte sich hinter den Schlafenden, hob den Ständer zum Schlag und … verharrte wie erstarrt.

»Jemanden zu ermorden ist eine Sünde, eine Todsünde sogar. Und dazu noch kurz vor Weihnachten. Das macht es bestimmt doppelt so schlimm. Außerdem ist der Mann wehrlos, er schläft. Also dreimal so schlimm«, schoss es Jonny durch den Kopf, und er bekam Skrupel.

Mord war etwas ganz anderes als Einbruch. Das hatte er vorher nicht bedacht. Doch dann fiel ihm die vereinbarte Bezahlung wieder ein. Im Tresor befand sich eine halbe Million Pfund – seine Belohnung, die ihm die Baroness versprochen hatte. Er würde sich nie wieder Sorgen machen müssen.

Noch heute Nacht würde er England für immer verlassen. Sonne, Sand, Meer und schöne Frauen, das erwartete ihn für den Rest seines Lebens. Plötzlich schreckte der eben noch Schnarchende hoch, hob seinen Kopf und brummte: »Was zum Teufel …«

Es klang wie das Knacken eines dicken, trockenen Astes, als der Kerzenständer den Schädel des Hausherrn zerschmetterte.

Baroness Elizabeth bewahrte Haltung, als sie den Mann vor ihr und den in Plastik eingeschweißten Ausweis anstarrte, den er ihr hinhielt. Es kostete sie ihre ganze angeborene und über die Jahre perfektionierte Contenance, ihre Abscheu und ihr Erstaunen einigermaßen zu verbergen, als sie mit spitzen Fingern den Ausweis in den Händen hielt und immer noch ungläubig draufstarrte.

Der Mann, der ihr den Ausweis auf ihr Verlangen überreicht hatte, war fast zwei Meter groß, breit wie ein Schrank und deutlich erkennbar äußerst muskulös. »George N'Beke-McAllister.« Er hatte seinen Namen mit einem so tiefen Timbre genannt, dass jeder Bariton-Opernsänger vor Neid erblasst wäre. Und zudem war der Mann schwarz!

»Ein schwarzer Hüne steht mitten im Arbeitszimmer meines Gatten, und dieser Mann ist *kein* Hausangestellter«, dachte die Baroness schaudernd. So etwas hätte sie als Angehörige des englischen Hochadels bis vor ein paar Minuten für unmöglich gehalten.

»Sie sind Inspektor bei Scotland Yard?« Ihre Stimme war kalt wie ein Eisberg.

»Oberinspektor, Madam«, antwortete George N'Beke-McAllister höflich, ihren herablassenden Tonfall ignorierend. »Mein Vater war schottischer Offizier, meine Mutter Afrikanerin. Aufgewachsen bin ich in England und studiert habe ich in London«, fügte er mit einem breiten Lächeln an.

Dass seine Eltern bei einem Anschlag getötet

wurden, als er noch ein Kind war, und er deswegen seine Jugend bei seiner Großmutter mitten im afrikanischen Nirgendwo verbringen musste, verschwieg er genauso wie die Tatsache, dass ein englischer Priester ihn nach dem Tod seiner Großmutter in die lokale Mission mitnahm. Dort fand man heraus, dass er gemäß Geburtsurkunde technisch gesehen britischer Staatsbürger war. Und noch größeres Glück hatte er, bei einer fürsorglichen Arbeiterfamilie in London wie ein eigener Sohn großgezogen worden zu sein und später, aufgrund seiner exzellenten schulischen Leistungen, ein Stipendium bekam und Kriminalistik studieren konnte.

Ruhig steckte er seinen Ausweis wieder ein.

Baroness Elizabeths Blick war so frostig wie der einsetzende Schneeregen draußen. »*Oberinspektor?* Herzlichen Glückwunsch«, sagte sie und dachte schaudernd: »So etwas hätte es früher nicht gegeben.«

»Entschuldigen Sie mich einen Moment, Mylady«, entgegnete N'Beke. Dann ging er zu den Kollegen von der Spurensicherung, die ihre Arbeit fast abgeschlossen hatten, und wechselte einige leise Worte mit ihnen. Schließlich ging er zum Schreibtisch, neben dem die *eine* Leiche lag, hob das weiße Laken an, unter dem sich der Herr des Hauses mit zertrümmertem Schädel befand, dann weiter zum Tresor, dessen Tür weit offen stand und die Sicht auf unzählige Geldbündel preisgab. Vor dem Tresor lagen weitere Geldscheine verstreut auf dem Boden.

George N'Beke wandte sich an einen der Beamten:
»Kann ich?«

»Ja, Sir. Wir haben schon alles fotografiert und gesichert.«

Daraufhin nahm der Chefinspektor ein paar Geldbündel aus dem Tresor, roch kurz daran und legte sie wieder an ihren Platz zurück.

»Wozu soll denn das gut sein?«, drang Baroness Elizabeths höhnische Stimme durch den Raum. »Können Sie den Tathergang denn erschnüffeln, Inspektor?«

Erneut tat N'Beke so, als habe er den rassistischen Unterton überhört, stand auf, trat vor den Kamin, ging erneut in die Knie, hob das Laken, unter dem Jonny lag, an und schaute in dessen grotesk verzerrtes Gesicht. Es war dunkelrot, ja fast purpurfarben, auf den Wangen waren zwei große schwarze Flecken zu sehen, die wie gigantische Mückenstiche aussahen.

N'Beke hatte so etwas schon einmal gesehen, damals in Afrika. Ein Mann aus dem Dorf seiner Großmutter mit denselben schwarzen Malen im Gesicht und dieser verzerrten Fratze, die auf einen schrecklichen Todeskampf hindeutete. Er deckte Jonny wieder zu, stand auf und drehte sich zum großen Terrarium um. Vor der zerschlagenen Glasscheibe lag eine Schlange. Genauer gesagt, was von ihr übrig geblieben war. Er beendete seinen Rundgang bei Baroness Elizabeth und der Schrotflinte, die die Spurensicherung in eine längliche Plastiktasche gepackt und auf eine Kommode neben der Tür gelegt hatten.

»Was ist geschehen, Mylady?«

Die Baroness wusste, dass es nun darauf ankam, glaubwürdig zu sein. Ihr Plan war absolut perfekt. Sie musste jetzt nur ganz ruhig bleiben, dann würde ihr nichts geschehen.

Sie wiederholte die einstudierte Version: Sie habe oben in ihrem Trakt geschlafen. Und nein, sie habe ihren Mann nicht kommen hören, er sei sehr spät von seiner Afrikareise zurückgekehrt. Nein, sie wisse nicht, wie der Einbrecher ins Haus gelangt sei. Das Klirren von Glas habe sie geweckt. Nein, es seien keine Hausangestellten da gewesen. Kurz vor Weihnachten eben. Ja, gewiss, die Schrotflinte habe sie immer bei sich im Zimmer, wenn ihr Mann auf Reisen sei. Man könne ja nie wissen. Bei dem Gesindel heutzutage sei man ja nicht mehr sicher und …

»Guter Schuss, Mylady!«, fiel ihr N'Beke scharf ins Wort und deutete auf die tote Schlange.

»Fasanen- und Entenjagd«, erwiderte sie kühl.

Sie sei, wie schon gesagt, mit der geladenen Schrotflinte in das Arbeitszimmer ihres Mannes gekommen, fuhr sie fort. Ihr Mann und auch der Einbrecher hätten schon am Boden gelegen, so wie jetzt. Es müsse einen Kampf gegeben haben, bei dem das Terrarium wohl zu Bruch gegangen sei. Der Einbrecher habe sich dann wohl am Tresor zu schaffen gemacht. Die Schlange musste derweil entwichen sein und ihn gebissen haben – jedenfalls nähme sie dies an, fügte sie sicherheitshalber hinzu. Sie selbst habe beim Betreten des Raumes zuerst die Schlange gesehen und sofort geschossen. Danach erst sei ihr klar geworden, dass hier ein Einbruch und ein Mord stattgefunden hatten.

Dass sie selbst es gewesen war, die das Terrarium nachträglich mit dem Kerzenständer zerschlagen hatte, um den Eindruck zu erwecken, es sei bei dem vermeintlichen Kampf zwischen ihrem Mann und Jonny zu Bruch gegangen, erwähnte sie selbstverständlich nicht.

»Was für ein Zufall«, sinnierte N'Beke. »Glauben Sie an Zufälle, Mylady?«

»Nein. Nicht an Zufälle ... aber an die Vorsehung.« Ihr Blick hätte herablassender nicht sein können. »Mein Vater selig sagte immer, dass die Vorsehung es auch so eingerichtet habe, dass die einen herrschen und die anderen dienen.«

N'Beke hockte sich vor die tote Schlange und hob den Kopf derselben mit einem Kugelschreiber an. Sein Blick ruhte fragend auf Baroness Elizabeth.

»Ah ja? Die Vorsehung also …«

Unvermittelt deutete er auf den Kopf der Schlange. »Wissen Sie, was das für eine Schlangenart ist, Mylady?«

»Eine giftige, nehme ich mal an«, gab sie zynisch zurück.

»Dies ist eine Dendroaspis polylepis, gemeinhin bekannt als Schwarze Mamba. Sie kann über vier Meter lang werden. Die Schwarze Mamba ist nicht nur die längste Schlange Afrikas, sondern auch die giftigste. Ihr Gift ist ein Neurotoxin, ein Nervengift. Es ist eine Mischung mehrerer Peptide unterschiedlicher Länge. Neben der neurotoxischen Wirkung kommen auch Kardio- und Zytotoxine vor. Das Gift der Schwarzen Mamba enthält Dendrotoxine. Deshalb auch der lateinische Name der Schlange: Dendroaspis. Dieses Toxin blockiert die Kaliumkanäle in den Zellmembranen des Opfers, was eine Störung der elektrischen Reizausbreitung im Herzen zur Folge hat. Dadurch entsteht eine Herzrhythmusstörung. Mit einem Biss kann die Mamba bis zu 400 Milligramm Gift in die Wunde injizieren. Bereits eine Menge von 15 bis 20 Milligramm wirkt bei einem erwachsenen Menschen tödlich und führt innerhalb von 20 Minuten zum Tod durch Atemstillstand.« Er unterbrach seinen Vortrag und fixierte die Baroness, die ohne die geringste Regung seinem Blick standhielt.

»Zudem ist die Schwarze Mamba eine der aggressivsten Schlangen überhaupt. Und sie ist extrem schnell. Die Geschwindigkeit, mit der sie sich fortbewegt, liegt bei bis zu 20 Kilometern pro Stunde, wodurch diese Art zu den schnellsten Schlangen weltweit gehört.«

Baroness Elizabeth blieb unbeeindruckt. »Ach ja? Sie scheinen sich ja auf dem Schwarzen Kontinent bestens auszukennen, Inspektor.«

N'Beke steckte den Kopf der Mamba in eine kleine Plastiktüte.

Seine Großmutter hatte ihm erzählt, dass eine Schwarze Mamba neun Menschen hintereinander getötet hatte. Und ein Jäger aus dem Dorf hatte einmal mit eigenen Augen gesehen, wie eine solche Schlange einen ausgewachsenen Elefanten angegriffen und gebissen hatte. Nach kaum drei Stunden war der Elefant qualvoll verendet.

Der Oberinspektor deutete auf den offenen Tresor. »Wie konnte der Einbrecher die Kombination wissen, Mylady?«

Sie schaute ihn gespielt verdutzt an: »Wie soll ich denn das wissen? Ich habe mich praktisch nie im Arbeitszimmer meines Mannes aufgehalten.«

N'Beke ging wieder zum Tresor und schaute sich das Schloss und die Tür genau an.

»Keine Gewalteinwirkung. Der Tresor wurde nicht aufgebrochen.«

Baroness Elizabeth hatte nur darauf gewartet, diesen Satz zu hören, denn jetzt kam der geniale Teil ihres Planes. Ihre Stimme klang beiläufig, so wie sie es geübt hatte.

»Ich kann es mir auch nicht erklären. Schließlich sind Sie der Kriminalist und nicht ich, aber ...«, ein gekonntes Zögern, dann ein kurzes Hüsteln, »na ja, mein Mann war sehr vergesslich. Er notierte sich alles Mögliche auf Zettel. Könnte ja sein, dass ...«

N'Beke erhob sich, begab sich zu Jonnys Leiche und zog das Laken so weit herunter, dass der Oberkörper freilag. Er griff in die Innentasche der schwarzen Windjacke und zog ein gefaltetes Papier daraus hervor. Die Baroness wusste, was auf dem Zettel in Schreibmaschinenschrift stand: die Kombination des Tresors. Sie selbst hatte die Zahlen vor ein paar Tagen mit der Schreibmaschine ihres Gatten getippt. Und sie selbst hatte Jonny den Zettel gegeben. Die alte Kombination hatte sie sicherheitshalber vor der Rückkehr ihres Gatten geändert – es hätte ja sein können, dass ihr Mann den Tresor frühzeitig geöffnet hätte. Dann wäre alles für die Katz gewesen, denn schließlich sollte die Schwarze

Mamba, die sie selbst in den Tresor gesperrt hatte, Jonny erledigen und nicht ihren Mann. Der schwierigste Teil des Plans war, dieses Biest aus dem Terrarium zu nehmen und in den Tresor zu schaffen. Doch auch dies hatte Baroness Elizabeth mit Umsicht gelöst – in dem Spezialgeschäft für Reptilien in der Londoner City hatte man ihr erklärt, wie man eine Schlange betäubt. Keiner der Angestellten würde sich an sie erinnern oder sie identifizieren können. Sie hatte sich bei dem Besuch gut verkleidet.

N'Beke schaute kurz auf den Wisch, dann ging er zur Leiche des Lords, um auch dessen Jackett zu durchsuchen. Den Fund ließ er rasch und von der Baroness unbemerkt in seiner Jacke verschwinden. Schließlich hockte er sich vor den Kamin, tastete mit den Fingern kurz über dessen Absatz und roch erneut an seinen Fingern.

»Ist das alles, Inspektor?« Baroness Elizabeth wurde nun doch ungeduldig. Es war doch alles klar, was hatte dieser Mensch nur immer wieder zu schnüffeln und zu riechen?

N'Beke waren zwei Dinge völlig klar: Die feine Dame hatte gelogen. Hier war ein äußerst raffinierter Mord geschehen. Sie hatte alles ganz genau geplant. Und: Es war das perfekte Verbrechen. Er würde ihr nichts nachweisen können. So schwer es ihm auch fiel, er musste sich dies eingestehen. Und diese kalte, adelige, rassistische Frau hatte sich noch nicht mal selbst die Finger schmutzig gemacht.

»Ja, Mylady, das wäre dann alles.« Er deutete eine leichte Verbeugung an, sein Tonfall war so neutral und höflich wie zu Beginn des Verhörs. »Falls wir noch Fragen haben, werden wir Sie kontaktieren.«

N'Beke trat in den dunklen Park. Leichter Schneefall hatte eingesetzt. Er wusste, dass er dieser Frau absolut nichts nachweisen konnte. Sie hatte die perfekten Mordwerkzeuge benutzt: einen geldgierigen Gauner und … eine Schwarze Mamba, und zwar ein Männchen.

Seine Großmutter hatte ihm beigebracht, die Spuren der Schwarzen Mamba zu »lesen«, wie es roch, wenn sich diese extrem gefährliche Schlange eine Weile unter einem Stein oder in einem alten Baumstrunk versteckt hielt. Und genau diesen Geruch hatte N'Beke im Tresor wahrgenommen!

Wie hatte seine Großmutter gesagt? »Schwarze Mambas können einen Menschen, der mehrere Kilometer entfernt ist, riechen und fühlen«, dann hatte sie eine Pause gemacht und noch etwas angefügt, an das er sich in diesem Augenblick sehr gut erinnerte: »Die Legende besagt, dass Mamba-Weibchen extrem nachtragend und rachsüchtig seien.«

Ihm waren, im Gegensatz zu seinen Kollegen von der Spurensicherung, die winzigen Kotspuren und der Geruch auf dem Kaminabsatz nicht entgangen.

Was hatte diese grauenhafte Baroness Elizabeth über die Vorsehung gesagt? Die Schwarzen sind die Diener und die Weißen die Herren? Er lächelte. »Wir werden die Vorsehung diesmal nicht brauchen. Ihr Besuch aus Afrika wird sich bald um Sie kümmern, Mylady.«

Er war sich ziemlich sicher, dass schon sehr bald ein neuer Todesfall aus dem Schloss gemeldet werden würde. Denn der Oberinspektor wusste mit absoluter Gewissheit: *Sie* würde die einzige menschliche Wärmequelle im Schloss innerhalb von wenigen Stunden finden.

Hätte Baroness Elizabeth Chesforworth of Borowshire doch besser noch einmal die Taschen ihres toten Gatten durchsucht, bevor sie die Scheibe des Terrariums zertrümmerte. Denn was sie nicht wusste, stand auf dem Zettel, den der Oberinspektor bei ihrem Ehemann gefunden hatte.

Im fahlen Licht der Wageninnenbeleuchtung las George N'Beke-McAllister nochmals die Worte auf dem Papier, geschrieben mit der sauberen Handschrift des Ermordeten: »Nicht vergessen! Morgen das neue Mamba-Weibchen füttern!«

Wurst ist Wurst

Man kann sich auf sie verlassen. Wenn es hart auf hart kommt. Wenn es um die Wurst geht. Obschon ihnen ein gewisser Hang zur Skurrilität nachgesagt wird, sie oft borniert, gar starrköpfig sind und manch einer sie als arrogant empfindet – man kann sich auf sie verlassen.

Sie sollen viele Jahrhunderte bevor Jesus Christus geboren wurde, aus dem fernen Phönizien, der Levante, auf die Insel gekommen sein. Ihr Mut war schon im Altertum legendär. Sie wurden damals, was heute undenkbar wäre, zur Belustigung und Unterhaltung in Schaukämpfen gegen viel größere und stärkere Gegner eingesetzt. Daher stammt auch ihr Name, wird vermutet. Sie waren so mutig, dass sie selbst mit gebrochenen Beinen weiter angriffen und kämpften.

Dem heutigen Schönheitsideal entsprechen sie kaum. Das Haar ist von feiner Struktur, kurz, dicht und glatt. Es kann auch gestromt, rot in allen Schattierungen, falb oder rehbraun sein, ebenso weiß und gescheckt, nur schwarz ist fast immer unerwünscht. Der Kopf ist im Verhältnis zum Körper mäßig groß, massig und hat eine kurze Schnauze. Auffällig sind die sehr breite Brust und das eher schmale Hinterteil. Die Ohren sind hoch angesetzt, stehen weit auseinander, hoch über den Augen, klein und dünn – sogenannte »Rosenohren«.

Ob es nun die Englische Bulldogge, von der hier die Rede ist, war, die ihre Eigenschaften auf die Briten übertrug, oder vice versa, ist nicht geklärt. Eines jedoch ist gewiss: Beide Spezies passen so gut zusammen, als hätte es das Universum schon von Anbeginn der Zeit so vorgesehen.

»Dame« Amanda Wilbourshire – den Adelstitel hatte sie von ihrem Vater geerbt – konnte als archetypische Engländerin in die Geschichte eingehen. Sie war ruhig, sprach bedacht, Leidenschaft war ihr fremd, und das oberste Gebot lautete, Haltung zu bewahren, koste es, was es wolle. Das hatte sie von ihrem Vater eingetrichtert bekommen, wie fast alle Engländer gehobener Gesellschaftsschicht von ihren Eltern. Doch wie bei ihrer Englischen Bulldogge schlummerte in dieser Frau eine innere Leidenschaft, die man besser nicht entfachte.

Amanda Wilbourshire war – ebenfalls ihrer Bulldogge nicht ganz unähnlich – nicht das, was man als Schönheit bezeichnet: das Haar grau, kurz geschnitten und von feiner Struktur. Der Kopf im Verhältnis zum Körper ziemlich groß, zudem massig und mit hoch angesetzten Ohren über den rundlichen Augen. Dazu eine breite, eher formlose Statur, ein flacher Po. Das Ganze wurde getragen von zwei stämmigen, schneeweißen Beinen, die das ganze Jahr unter langen Röcken verborgen blieben, Tageslicht war ihnen fremd. Doch da es auf den Inseln der Briten das ungeschriebene Gesetz gibt, höflich zu sein, soll an dieser Stelle das Wort »rustikal« zur Beschreibung von Amandas Aussehen genügen.

Amanda hatte sich mit ihrem Leben arrangiert. Die Mutter war bereits im Kindbett gestorben. Der Vater war zeit seines Lebens im Dienste Ihrer Majestät, erst als Offizier im Zweiten Weltkrieg und später als »Berater mit Sonderbefugnissen« in den entferntesten Ländern dieser Erde tätig. Seine beiden Töchter hatte er immer dabei. Und – so sah es die Familientradition vor – eine Englische Bulldogge.

Also hatte auch Amanda einen solchen einzigen und »besten Freund«. Da ihr Vater selig unter anderem im englischen Afrikakorps und bei der Invasion in der Normandie gekämpft hatte und seinen damaligen obersten Kommandanten General Bernard Law Montgomery, wie alle Engländer zu dieser Zeit, wie einen Gott verehrte, gab Amanda ihrem Hund den Namen »General Montgomery«, in der Koseform »Monty«. So wie die Soldaten damals ihren geliebten General genannt hatten.

Sir Wilbourshire hatte, trotz oder gerade wegen seiner Militärkarriere und da er aus dem Adel stammte und gelernt hatte, dass man Titel und Besitz an die nächste Generation weitergab, das Familienvermögen deutlich vermehrt. Die Schwestern Amanda und Linda – Letztere hatte einen »rustikalen« Banker geheiratet und lebte mit ihm in der Schweiz – hatten bis an ihr Lebensende ausgesorgt. Im Gegensatz zu Linda wollte Amanda aber entweder einen schönen Mann heiraten oder ledig bleiben. Dass Ersteres so realistisch war wie die Konvertierung des Papstes zum Islam, wollte sie nicht wahrhaben.

Also lebte sie als alternde Jungfer – bis sie Karl Schönhuber begegnete.

Nomen est omen – Karl Schönhuber war das pure Gegenteil von Amanda Wilbourshire (und ihrer Bulldogge). Er war die Mensch gewordene Variante eines Deutschen Schäferhundes: kräftig und muskulös, ohne ein Gramm Fett, der Brustkorb breit und gut gewölbt, die Kopfform etwas keilförmig, die Kopfgröße in passendem Verhältnis zum restlichen Körper, die Stirn leicht gewölbt, der Nasenrücken gerade, die Lippen straff und dennoch sinnlich. Die dunklen Augen kontrastierten ideal zum mittellangen, blonden Kopfhaar.

Kurzum: ein Prachtexemplar germanischer Fortpflanzung.

Leider war dies auch schon alles, was Karl Schönhuber zu bieten hatte. Preußische Tugenden wie Disziplin, Fleiß, Gehorsam oder Redlichkeit waren ihm völlig fremd. Er wollte vor allem eines: ein gemütliches Leben mit der größtmöglichen Freiheit ohne Geldsorgen. Da er jedoch von der Natur auch nicht mit dem brillantesten Intellekt ausgestattet worden war, kam ihm die ältliche Britin gerade recht.

Die beiden begegneten sich bei einem der wenigen gesellschaftlichen Anlässe, die Amanda Wilbourshire besuchte. Eine internationale Benefizgala für behinderte Sportler, die in London stattfand. Nicht weit also von Amandas Wohnsitz entfernt. Sie war eine stille Förderin des Vereins, und wie jedes Jahr wollte sie die Veranstaltung nach knapp einer Stunde verlassen, als sie im Getümmel mit Karl Rücken gegen Rücken zusammenstieß.

Der blonde Hüne bewahrte die strauchelnde Britin vor einem Sturz, indem er mit seiner rechten

Hand ihren Rücken abstützte und Amanda mit der linken an deren rechter Schulter festhielt. »Pardon, Madame, verzeihen Sie meine Tollpatschigkeit.« Sein starker deutscher Akzent drang in Amandas Gehörgänge, ein Blick in die dunklen Augen ihres Gegenübers, die lächelnden, ach so sinnlichen Lippen, die starken Hände an ihrem Körper – Amors Pfeil hatte das erste Mal in ihrem Leben direkt in ihr Herz getroffen. Amanda war im Paradies.

»Dieser deutsche Beau ist doch nur auf dein Geld aus, Amanda.«

Amanda ignorierte die eindringlichen Warnungen ihrer Schwester. Sie war überzeugt, dass Karl sie wahrlich liebte und ihre Schwester nur neidisch sei. Denn deren Mann war alt, hässlich und als Banker zudem geizig.

Amanda sah in Karl nicht nur einen äußerst schönen Mann, sondern einen Menschen, der außerordentlich aufrichtig war – Deutscher hin oder her. Hätte er ihr sonst noch vor der Hochzeit sein größtes Geheimnis gestanden? Sie saßen im Park des Anwesens, der Abend angenehm lau durch eine leichte Brise. Zögernd begann er: »Ich muss dir etwas beichten, Amanda. Vielleicht solltest du mich nicht heiraten.« Karl stockte, sein Blick ging zu Boden. »Ich bin … ich bin impotent.« Und er erzählte seiner Verlobten seine tragische Geschichte. Ein schwerer Unfall in seiner Jugend habe dics verschuldet. Er sei schon bei den renommiertesten Ärzten Deutschlands gewesen, sogar in den USA. Alles vergebens. Auch Viagra und andere Medikamente hatten nicht geholfen. Mittlerweile habe er sich damit abgefunden und suche wahre Liebe, nicht mehr und nicht weniger.

Amanda war hingerissen von so viel Ehrlichkeit und Mut. Sie glaubte ihm und heiratete ihn trotzdem – oder vielleicht gerade deswegen. Sie brauchte keinen Sex, sondern einen fürsorglichen Mann an ihrer Seite, der sie von etwas träumen ließ, das sie nicht hätte benennen können. Vielleicht der Wunsch, Karls Schönheit möge ein klein wenig auch auf sie abfärben?

Es kam, wie es kommen musste, und wie ein jeder, im Besonderen ihre Schwester Linda, es vorausgesagt hatte: Schon bald nach der Hochzeit war Karl ständig auf Geschäftsreisen. Sein Beruf als Fußballscout sei nun einmal so, argumentierte er. Dass er kaum Geld verdiente und sich reichlich an Amandas Vermögen gütlich tat, begründete er mit einer simplen These: »Ich baue mein eigenes Business auf, meine Liebe. So etwas dauert nun einmal sehr lange.«

Doch schlecht benahm sich Karl gegenüber Amanda nicht. Ganz im Gegenteil. Die wenigen Tage pro Monat, an denen er zu Hause war, umsorgte er seine Gattin zärtlich und fürsorglich. Davon konnte manch eine Ehefrau nur träumen.

Amanda störte sich nicht daran, dass sie in getrennten Schlafzimmern, er im linken Flügel und sie im rechten, schliefen. Auch hierfür war seine Erklärung simpel: »Ich schnarche ganz furchtbar, meine Geliebte. Es wäre nicht richtig, dir damit schlaflose Nächte zu bereiten.« Zudem reagierte Karl, so sagte er, allergisch auf Hundehaar. Da Amandas geliebte Bulldogge Monty im Schlafzimmer der Hausherrin nächtigte, wollte Karl »den geliebten Hund nicht von deiner Seite verdrängen«. (Dass er noch nie in seinem Leben geschnarcht, keinerlei Allergie hatte, aber Hunde wie die Pest hasste, behielt er selbstredend für sich.)

So verbrachte Amanda Wilbourshire wie vor ihrer Ehe die meiste Zeit des Jahres allein in ihrem großen Haus. Außer den Angestellten, die tagsüber ihre Arbeit verrichteten, hatte sie nur General Montgomery an ihrer Seite, der ihr auf Schritt und Tritt folgte und ihr treu Gesellschaft leistete.

Vielleicht war es Fügung, vielleicht auch Zufall. Eines Tages, Karl war wieder einmal auf Geschäftsreise, benahm sich General Montgomery äußerst merkwürdig. Den ganzen Tag hatte er Amanda immer wieder mit der Schnauze angestupst. Am Abend war er schließlich die Treppe zwischen den zwei Flügeln hochgerannt und in Karls Schlafzimmer verschwunden. Offensichtlich hatte die Reinigungskraft die Tür offen gelassen. Als Amanda schwer atmend in dem Zimmer ankam, scharrte General Montgomery an einer Stelle des Riemenparkettbodens in der linken Ecke.

Als Amanda näher trat, um Monty zur Vernunft zu rufen, sah sie, dass sich eines der Parkettbretter gelöst hatte. Amanda hob das Brett an. Darunter befand sich zu ihrem Erstaunen ein kleiner Hohlraum und in dem Hohlraum eine Zigarrenkiste. Sie nahm sie heraus und öffnete sie. Präservative! Unzählige davon! Rote, blaue, goldene, mit und ohne Noppen, feucht und »flutschig«, so las sie angewidert auf einer Packung.

Amanda Wilbourshire tat das, was sie gelernt hatte: Sie bewahrte Haltung, legte die Zigarrenkiste zurück in den Hohlraum und das Brett darüber. Sie jammerte nicht, redete mit niemandem über ihren Fund, auch nicht mit ihrem Anwalt. Und als Karl von seiner Reise zurückkehrte, stellte sie ihn auch nicht zur Rede.

Stattdessen engagierte sie einen Privatdetektiv.

Zwei Monate später saß ein unscheinbarer Mann mittleren Alters in einem ebenso unscheinbaren grauen Anzug und einer mausgrauen Krawatte Amanda in ihrem Wohnzimmer gegenüber. Die Zusammenfassung seines Berichtes hatte der Privatdetektiv soeben beendet und fragte in gelassenem, neutralen Tonfall, wie ihn nur Briten beherrschen: »Möchte sich Mylady die Aufnahmen wirklich ansehen? Ich würde unter den gegebenen Umständen davon abraten.«

Dass das »Subjekt«, wie er Karl nannte, ständig im Kasino spielte und »ausgiebig Damenbegleitung bei fast jeder seiner Auslandsreisen hatte«, war Amanda sachlich und zurückhaltend bereits mitgeteilt worden.

Sie hatte während der Ausführungen mit regloser Miene zugehört. Nun zupfte sie sich ihr Kleid etwas zurecht und antwortete mit ruhiger Stimme: »Zeigen Sie mir bitte die Aufnahmen.«

Als die ersten Sequenzen auf dem Notebook des Privatdetektivs namens James Hobart in Farbe, mit Ton und in bester Qualität zu sehen waren, konnte Amanda einen kurzen Laut des Erstaunens nicht zurückhalten.

»Das ist ja krankhaft. Haben Sie so etwas schon einmal gesehen?«, fragte sie mit einer Mischung aus Abscheu und Unglauben in der Stimme.

James Hobart hatte in seinem Leben schon so manche Schweinerei gesehen, die Männer und Frauen machen. Bis zu diesem Auftrag war er davon überzeugt gewesen, zu wissen, wie groß ein erigierter Penis sein kann. Was er jedoch bei Karl Schönhuber gesehen hatte, belehrte ihn in jeder Hinsicht eines Besseren.

So schüttelte er nur den Kopf, schwieg eine Weile und sagte dann: »In der Tat muss ich Ihnen beipflichten. Man könnte diesem ... ähm ... entschuldigen Sie das Wort ... diesem Treiben durchaus die Attribute ›krankhaft‹ oder ›obszön‹ zuschreiben. Vielleicht möchten Mylady den Rest doch nicht sehen?«

Doch Mylady wollte sich alles ansehen, wie sie ihm beschied.

Dass ihr Mann Karl auf den Aufnahmen in wechselnden Hotelzimmern sich mit und an diversen Prostituierten gütlich tat, war schon schlimm genug. Noch schlimmer jedoch waren die Perversitäten, die er vollführte. Dinge, von denen Amanda bis zu diesem Zeitpunkt nicht gewusst hatte, dass Menschen in der Lage waren, sie zu tun.

Was sie jedoch am meisten überraschte, war Karls Genital: Es war einfach riesig.

Ein gigantisch großes, fleischfarbenes Organ durfte Karl Schönhuber, im wahrsten Sinne des Wortes, sein Eigen nennen. Dick, rosarot und ständig hart. Es sah aus wie eine Attrappe. Zudem schien er von einer Potenz getrieben zu sein, die jeden männlichen Pornostar dazu bringen könnte, umgehend seinen Beruf aufzugeben. Dazu kam, dass auf allen Aufnahmen unablässig Stöhnen, Seufzen, Lachen, Hecheln und Grunzen zu hören waren.

Amanda Wilbourshire hatte genug gesehen und wendete den Blick ab. Sie war sich unschlüssig, wie sie reagieren sollte. Offensichtlich war Karl nie im Leben impotent gewesen – ganz im Gegenteil.

Sie könnte sich scheiden lassen. Er würde keinen Penny erhalten, denn sie war trotz aller Verliebtheit clever genug gewesen, Gütertrennung zu vereinbaren. Aber den Rest ihres Lebens allein verbringen wollte sie nun auch wieder nicht.

Noch in ihre Gedanken versunken, hörte sie plötzlich eine Stimme: »Herrgott, du perverses Schwein, jetzt ist aber genug! Du kriegst wohl bei deiner Frau überhaupt keinen Sex.«

Ein Lachen war zu hören, dann Karls Stimme: »Sex mit meiner Alten? Pfui Deibel, die hässliche Schachtel würde ich nicht mal mit einer Feuerzange anfassen.« Wieder war Lachen zu hören, dann ging es mit dem Gestöhne weiter.

Karl war krank! Dieser Gedanke setzte sich bei Amanda unwiderruflich fest. Ja, ihr Mann war ein

Sklave seiner Sucht – seiner Sexsucht. Eine Krankheit wie jede andere auch, davon war Amanda jetzt überzeugt.

Nun wusste Amanda, was zu tun war. Sie würde sich nicht scheiden lassen, sondern sie würde Karl heilen lassen. Und sie wusste auch schon, wer der Einzige war, der für die Aufgabe, ihren Ehemann von dessen Obsession zu befreien, infrage kam.

»Löschen Sie alle Aufnahmen und vernichten Sie die Berichte. Ich danke Ihnen für die gute Arbeit.«

Privatdetektiv Hobart glaubte, sich verhört zu haben. Dann sah er Amandas entschlossenen Blick und antwortete: »Sehr wohl, Mylady.«

»Eine letzte Bitte habe ich noch, Mister Hobart.«

Als der Privatdetektiv gegangen war, rief Amanda ihre Schwester Linda in der Schweiz an. Danach zog sie ihren Regenmantel über und bestellte ein Taxi in die City.

An der Brompton Road stieg sie aus – beim Kaufhaus Harrods kann man fast alles kaufen, was es auf der Welt zu kaufen gibt.

Drei Monate waren ins Land gezogen. Amanda hatte geübt und trainiert. Jeden Tag. Nun stand Weihnachten vor der Tür. Karl würde kommen und die Festtage zu Hause mit »meiner geliebten Frau verbringen«, wie er am Telefon gesäuselt hatte.

»Das ist schön, mein Lieber«, hatte Amanda kühl geantwortet.

An diesem Abend war es kalt. Karl war gerade eingetroffen und in seinem Flügel verschwunden, um heiß zu duschen. Amanda saß am Kaminfeuer in ihrem Lieblingssessel. General Montgomery lag zu ihren Füßen und döste.

Ein schneller Blick auf die große Pendeluhr. In dieser Hinsicht war Karl sehr deutsch und sehr zuverlässig – er benötigte fast auf die Minute genau eine Stunde und zehn Minuten im Bad, bevor er, immer nackt, vom Badezimmer in sein Schlafzimmer ging, um sich anzuziehen. Die versteckten Kameras, die Privatdetective Hobart vor drei Monaten in Karls Flügel angebracht hatte, leisteten gute Dienste.

Jeden Tag hatte sie mit dem Hund das Timing geübt und trainiert.

Amanda tippte mit dem Fuß sachte General Montgomery in die Seite und befahl: »Monty! Hol sie dir!«

In den alten Schriften heißt es über den Charakter von Englischen Bulldoggen: »In gewisser Weise sind sie gutmütig, ein gewisses Phlegma ist ihnen nicht abzusprechen, beides jedoch nur so lange, als sich nichts ereignet oder ihnen begegnet, was ihre schlummernde Leidenschaft auslöst. Wenn diese erst einmal geweckt ist, entfaltet sich ein Ausbruch ungeheurer Beharrlichkeit, ebenso ihres Willens, einen einmal gefassten Entschluss nicht mehr umzustoßen und diesen mit einer fast unheimlichen Zielstrebigkeit umzusetzen.«

Kaum hatte Monty den Befehl gehört, sprang er auf und eilte hechelnd, knurrend und mit gefletschten Zähnen die Treppe hoch.

Er wusste, was dort oben auf ihn wartete!

Das Frischhaltepaket, das ihre Schwester jede Woche aus der Schweiz geschickt hatte, war nicht dazu gedacht gewesen, Amandas Appetit nach »diesen köstlichen Schweizer Riesencervelats, die man in London nicht bekommt«, zu stillen. Diese Schweizer Spezialität entsprach in Größe, Form und Farbe etwa dem, was Karl, in nicht erigiertem Zustand, zwischen den Beinen baumelte.

Und an der Schaufensterpuppe, die Amanda vor drei Monaten bei Harrods gekauft hatte, hatte sie jeden Tag einen der Cervelats mit einer Schnur befestigt – zwischen den Beinen, selbstredend, und Monty daran »üben« lassen.

Als Amanda Wilbourshire nur wenige Sekunden später Karl Schönhubers markerschütternden Schrei hörte, stand sie auf und ging gelassen zum Telefon, um die Notrufnummer der Ambulanz zu wählen. Sie wollte Karl schließlich nicht verbluten lassen. Ihr ging es um einen treu ergebenen Ehemann ohne Lug und Betrug. Sie war sich absolut sicher, dass Karl es als »Befreiung« sehen würde, von seiner Obsession erlöst zu sein und nicht mehr von seinem Penis »abhängig und getrieben«, und ab jetzt ein perfekter Ehemann für Amanda wäre.

Dem Hund war es einerlei, ob es eine Schaufensterpuppe mit einem daran befestigten Riesencervelat war oder Karl Schönhubers Genital – Montys Devise lautete:

»Wurst ist Wurst.«

Diabolus Bavarius

Er hatte sie im Sommer, vor fast drei Monaten, das erste Mal gesehen. Auf Anhieb hatte er gewusst, dass sie die Richtige war. Die Beste der Besten. Sie war mit Abstand die Schönste, die er je gesehen hatte, und sie musste und würde ihm gehören. Daran gab es keinen Zweifel. Er sah schließlich blendend aus, war jung, sympathisch und zuvorkommend, hatte Humor und war stets hilfsbereit. Das würde jeder, der ihn kannte, sofort und ohne Vorbehalt bestätigen.

Gewiss, es würde eine Weile dauern, aber er hatte ja Zeit. Er wusste, dass man diese Dinge nicht überstürzen durfte. Diesen Fehler, den schon so viele vor ihm gemacht hatten, würde er nicht begehen.

Also beobachtete er sie während des ganzen Sommers. Immer aus sicherer Entfernung und mit dem Fernglas hinter den abgedunkelten Scheiben seines Vans: wie sie die Straße entlangging, die Abkürzung durch den kleinen Park nach Hause nahm, ihr langes rotes Haar bei großer Hitze zu einem Pferdeschwanz zusammenband, mit Freundinnen lachte. An kühleren Tagen trug sie das Haar offen, dann sah es aus wie das Signalfeuer eines Leuchtturms bei Nacht und wies ihm auch von Weitem den Weg zu ihr.

Es wurde Herbst, die Blätter fielen von den Bäumen, ihre Kleidung verhüllte nun ihren perfekten Körper stärker. Er versuchte, sich an irgendetwas Vergleichbares zu erinnern, und musste alle Vergleiche verwerfen. Manchmal stellte er sie sich als einen Frühlingsgarten im Paradies vor. Ihr Körper verströmte einen einzigartigen Duft. Eine Frische, die überirdisch sein musste. Nicht bloß die Frische der Limetten oder Bitterorangen, von Myrrhe oder Zimtblatt oder Krauseminze oder Kampfer. Nein. Er stellte sich die Frische ihres Körpers als einen betörenden Geschmack vor, einer Mischung aus Zypresse, Bergamotte und Moschus, mit einem Hauch von Jasmin, Narzisse und Rosenholz. Wie honigsüße Milch, in der sich ein Biskuit auflöst, musste sie schmecken. Es war kaum vorstellbar, dass sie ein Mensch war. Selbst ihr Schweiß musste duften wie eine frische Meeresbrise, der Talg ihrer Haare so süß wie Nussöl, ihr Geschlecht ein Bukett von Wasserlilien und die Haut wie Aprikosenblüten im Frühling. All das ergab ein Wesen so reich, so ausbalanciert, so zauberhaft, dass alles, was er bisher erlebt hatte, zu schierer Sinnlosigkeit verkam. Sie war eine göttliche Prinzessin in seinen Augen.

Seit über einem Jahr war nichts mehr geschehen im idyllischen Oberbayern. Jede Bemühung der Sonderkommission, kurz SOKO (deren interner Name »Diabolus« streng geheim gehalten wurde, um den Gerüchten nicht noch weiter Vorschub zu leisten), die vor fast zwei Jahren ins Leben gerufen worden war und zu der die besten Experten des Landes gehörten, war im Sand verlaufen. Hunderte potenzieller Zeugen wurden vernommen, ganze Dörfer, vorab die Männer, wurden aufgefordert, Gentests über sich ergehen zu lassen.

Es half alles nichts. Nicht einmal ein Phantombild des Täters konnte angefertigt werden. Dabei war er ein wahres Monster, denn die Leichen der Mädchen waren so bestialisch verstümmelt, dass mancher hinter vorgehaltener Hand munkelte, ein Werwolf würde sein Unwesen treiben. Die Älteren wiederum waren überzeugt davon, dass der Teufel persönlich nach Oberbayern gekommen sei, um späte Rache dafür zu nehmen, dass man so nahe am Obersalzberg wohne. Und wieder andere waren felsenfest der Meinung, dass es gar die rastlose Seele Hitlers selbst sei, der als Dämon zurückgekehrt wäre, um an den schönsten weiblichen Nachkommen seiner treulosen Untertanen späte Rache zu üben.

Das war natürlich alles Unsinn.

Die SOKO »Diabolus« hatte mittels aufwendiger forensischer Analysen längst festgestellt, dass die Mädchen sehr wohl einem Menschen zum Opfer gefallen waren. Allerdings – und das gaben selbst die erfahrensten Beamten zu – musste es sich in der Tat um ein wahres Monstrum der Gattung Mensch handeln. Die Wunden und Verstümmelungen am ganzen Körper der Opfer, vor allem an den Genitalien, waren so außergewöhnlich, dass selbst dem erfahrenen Gerichtsmediziner, der die Autopsie am ersten Mädchen vornahm, beinahe schlecht dabei wurde. »Das Opfer muss durch eine Hölle unvorstellbarer Qualen gegangen sein, bevor es verstarb«, schrieb der Pathologe, entgegen seinem sonst streng sachlichen Stil, in den Bericht.

Drei Mädchen waren Opfer im Abstand von wenigen Monaten, dann hörten die Morde so plötzlich auf, wie sie angefangen hatten. Seit über einem Jahr war nichts mehr geschehen. Wahrscheinlich war der Mörder in eine andere Gegend gezogen, so die Annahme der Polizei – oder der Dämon sei in die Hölle zurückgekehrt, meinten die Alten.

Man darf mit Fug und Recht behaupten, dass das modernste Auto der Welt weder in Deutschland noch in Japan und schon gar nicht in Korea gebaut wird. Nein, das innovativste und technologisch anspruchsvollste Serienfahrzeug der Welt wird in den USA, im fernen Kalifornien gebaut, in einem Ort namens Palo Alto.

Der Tesla, wie das Fahrzeug in Erinnerung an den großen, verrückten Erfinder und Physiker Nikola Tesla genannt wird, ist das erste Serienauto der Welt, das ausschließlich mit Stromkraft fährt. Trotzdem ist er ein Sportwagen erster Güte. In seinen Dimensionen mehr Limousine denn Sportcoupé, erreicht er über 200 Stundenkilometer, und dies bei einer Beschleunigung, die so manchem protzenden Benzinsportwagen die Schamesröte auf den Kühlergrill treibt.

Das Highlight ist das Fahrgeräusch – es ist nämlich praktisch inexistent. Der Tesla fährt absolut geräuschlos. Nur das Säuseln der Reifen auf dem Asphalt ist zu vernehmen.

Das fahle Dämmerlicht tauchte die Umgebung in eine eigenartige Melange aus Grau in Grau. Leichter Schneefall hatte eingesetzt und blieb wie eine Schicht Zuckerwatte auf dem Asphalt liegen. Der Schein der Weihnachtsbeleuchtungen vermochte den weißen Vorhang nicht zu durchdringen.

Heute war der letzte Schultag, noch eine Woche bis Weihnachten. Die langen Monate des Wartens waren zu Ende. »Wir werden es schön zusammen haben«, dachte er, während er im Fond seines dunklen Vans durch die getönten Rückfenster nach ihr Ausschau hielt. Jeden Augenblick würde sie um die Ecke am Ende der Straße biegen. Entfernung 200 Meter. Alles war vorbereitet.

Die Schiebetür des Vans war einen Spaltbreit geöffnet, er konnte sie innerhalb von Sekunden aufreißen. Die Stille wurde nur dann und wann von einem der spärlich vorbeifahrenden Autos durchbrochen.

Er hatte sich die schwarze Wollmütze tief ins Gesicht gezogen, doch die Ohren frei gelassen. Es entging ihm kein Geräusch.

Er stellte sich vor, wie sie Angst haben würde. Die Mädchen vor ihr hatten auch Angst gehabt. Und die Tiere, die er früher getötet hatte, ebenfalls. Je größer die Tiere, umso verängstigter waren sie gewesen. Insekten, Frösche und Vögel, die er als Kind zu Tode gequält hatte, waren langweilig gewesen. Deshalb machte er sich später an Katzen und Hunde heran. Das war schon viel spannender. Denn *sie* wussten, wenn es ans Sterben ging.

Bei ihr aber würde er sich Zeit lassen – sehr viel Zeit.

Nicht wie bei seinem ersten Hund, der schon

bei der Amputation der Ohren und Augen so jämmerlich geheult hatte, dass er nicht an sich halten konnte und viel zu früh wahllos auf das Tier eingestochen hatte. Über die Jahre hatte er gelernt, wie er das Vergnügen ausdehnen konnte: Er verstümmelte Hunde und Katzen gezielt, ohne dass sie dabei gleich krepierten und ihm den ganzen Spaß verdarben. Doch das war nichts gewesen im Vergleich zu den Mädchen!

Früher hatte er sich manchmal gefragt, warum er so war, so empfand. Warum es ihm Lust bereitete, Lebewesen zu quälen und zu töten. Einmal hätte er seine Neigung fast seiner Mutter gebeichtet, doch Gott hatte ihn davor gewarnt. Er war Gott heute noch dankbar für dessen Gnade. Denn nicht *er* war abnorm, nein, ganz und gar nicht. *Er* war der Auserwählte. Alle anderen waren dazu bestimmt, von ihm, dem Jäger, zur Strecke gebracht zu werden.

Dick eingepackt in ihre Winterjacke bog sie in die Straße ein und kam mit ihrem unvergleichlich leichtfüßigen Gang auf der gegenüberliegenden Straßenseite näher. Der Pferdeschwanz wippte bei jedem Schritt und leuchtete im weichen Winterlicht.

Je näher sie kam, umso mehr wuchs seine Begierde. Er stellte sich ihre makellose Haut unter der dicken Bekleidung vor. Die kaum beginnenden Ansätze von Brüsten, die er im Sommer schon an ihr beobachtet hatte, mussten sich jetzt schon zu dehnend beginnenden Häubchen entwickelt haben. Unendlich zart und wahrscheinlich schon leicht beflaumt ihre Scham, duftend wie ein Rosengarten, versteckt zwischen den festen, schmalen Schenkeln und vielleicht von Sommersprossen umsprenkelt.

Je näher sie kam, umso deutlicher konnte er sie sehen, desto größer wurde seine Lust, desto weniger konnte er seine Begierde im Zaum halten. Er spürte, wie sein Glied hart wurde. Und je näher sie sich, Schritt um Schritt auf und ab wippend, fröhlich summend seinem Wagen näherte, war ganz deutlich zu erkennen: Das Mädchen war elf oder zwölf Jahre alt – also noch ein Kind!

Jetzt war sie fast auf der Höhe des Vans. Er hielt den Wattebausch mit Chloroform in seiner linken Hand, während er die Tür etwas weiter zurückschob und lauschte. Sehr gut, absolute Stille draußen. Er dankte Gott und machte sich zum Sprung bereit. Es musste schnell gehen. Wie bei den anderen. Er würde wie ein Raubtier aus dem Van springen, das Mädchen packen, betäuben und in den Wagen verfrachten.

Noch fünf Sekunden, dann wäre sie auf der Höhe des Vans.

Schweiß trat auf seine Stirn, er zitterte vor Lust. Ganz langsam würde er beginnen, mit den Utensilien, die er selbst angefertigt hatte: Vampirzähne aus Edelstahl, Handschuhe mit Krallen. Erst später käme das Sezierbesteck zum Einsatz, das er über die Jahre vervollständigt hatte.

Mit einem Ruck riss er die Tür auf und sprang mit einem Riesensatz aus dem Auto.

Der Tesla erfasste ihn mitten im Sprung.

Er war völlig lautlos angebraust gekommen, der Pulverschnee auf der Straße hatte selbst das Abrollgeräusch der Reifen praktisch neutralisiert.

Beinahe wäre dem Fahrer ein Ausweichmanöver gelungen. Doch die Geschwindigkeit war viel zu hoch. Der Tesla erwischte den Mann mit der Stoßstange am linken Unterschenkel mit solch einer Wucht, dass dieser, wie ein Schlittschuhläufer, der eine gigantische Rittberger-Pirouette vollführt, fünf Meter durch die Luft geschleudert wurde. Mit größter Wahrscheinlichkeit hätte er den Zusammenprall überlebt – wäre da nicht dieser Hydrant am Straßenrand gewesen. Sein Schädel wurde beim Aufprall geknackt wie eine Nuss.

Derweil kam der Tesla etwa fünfzig Meter weiter schlingernd zum Stehen.

»Darf ich jetzt nach Hause fahren, Herr Inspektor?«

Franz-Josef Obermayer, seines Zeichens Oberinspektor und Leiter der SOKO »Diabolus«, ging schon auf die sechzig zu, hatte einen Körperbau wie ein Bär und in seiner langen Laufbahn so ziemlich alles gesehen, was ein Polizist sehen kann. Aber die Leichen der Mädchen waren selbst ihm fast schon zu viel gewesen. Noch schlimmer war seine Wut darüber, dass die SOKO »Diabolus« keinen Schritt weiterkam. Umso größer war sein Erstaunen, dass diese junge Frau, Gräfin Irina von und zu Hohenhausen-Wittlinstein, geborene Kalaschnikova, die er eine Stunde lang vernommen hatte, den Mädchenmörder mit ihrem Elektroauto zur Strecke gebracht hatte.

Als Obermayer den Namen auf dem Personalausweis gelesen hatte, wusste er sofort, wen er vor sich sitzen hatte. Die junge große Frau mit dem gewellten blonden Haar und mit einer Figur ausgestattet, um die sie selbst Claudia Schiffer in ihren besten Jahren beneidet hätte, hatte vor einigen Jahren den steinreichen, alten und ziemlich exzentrischen Graf von und zu Hohenhausen-Wittlinstein geheiratet. Die Klatschspalten waren damals wochenlang voll davon gewesen. Ein kinderloser alter Graf gibt einer dreißig Jahre jüngeren Russin sein Jawort – das war doch eindeutig: Die Erbschleicherin war hinter des Grafen Geld, Titel und Ländereien her.

Da sich das Ehepaar jedoch sehr selten öffentlich

zeigte, erlosch das Interesse der Medien nach und nach. Es hieß, der Graf sei oft auf Reisen, seine Frau lebe zurückgezogen.

Diese Frau saß nun, zunächst völlig aufgelöst, vor Oberinspektor Franz-Josef Obermayer und hatte sofort zugegeben, dass sie mit überhöhter Geschwindigkeit unterwegs gewesen sei. Und dass es ihr alleiniger Fehler gewesen sei, den Mann, der wie aus dem Nichts vor ihrem Wagen aufgetaucht sei, angefahren zu haben. Sie habe noch versucht auszuweichen, aber der Schnee und die Geschwindigkeit … Sie begreife nicht, wie es möglich sei, dass ein Mensch einen so gewaltigen Sprung machen könne.

Obermayer hatte den mündlichen Bericht der Beamten gehört, die als Erste vor Ort eingetroffen waren. Auch die beiden Augenzeugen, die den Unfall beobachtet hatten, bestätigten, was die Gräfin zu Protokoll gegeben hatte. Genauso eindeutig waren die Beweismittel, die im Van des jungen Mannes gefunden wurden: zwei Flaschen Chloroform ebenso wie diverse Operationsbestecke, wie man ihm berichtet hatte. »Und noch ein paar weitere Scheußlichkeiten, die Sie sich am besten selbst anschauen, Herr Oberinspektor«, hatte der Beamte mit unüberhörbarer Abscheu in seiner Stimme bei dem Telefonat berichtet. Die Beweislast war erdrückend. Bei dem Mann, den die junge Frau zu Tode gefahren hatte, handelte es sich zweifellos um den gesuchten Mädchenmörder.

»Herr Inspektor …?«

Er überlegte: Die Gräfin hatte alles zugegeben, das Protokoll war unterschrieben, der Tesla fahrtüchtig und der Unfallhergang geklärt. Auch hatte man den Tesla bereits am Unfallort spurentechnisch untersucht. Weitere Abklärungen am Wagen waren nicht nötig. Und die Gräfin schien sich wieder gefasst zu haben. Es gab also keinen Grund, sie länger festzuhalten.

Obermayer schaute sie kurz an, dann nickte er und sagte: »Selbstverständlich, gnädige Frau. Aber fahren Sie bitte vorsichtig und verlassen Sie München vorläufig nicht.«

«Danke, Herr Inspektor. Und ja … gewiss. Ich möchte nur etwas ausruhen. Diese ganze Geschichte hat mich sehr mitgenommen. Er war so jung, er hatte noch sein ganzes Leben vor sich …«

Obermayer hob die Hand und unterbrach sie: »Es war eine Fügung des Schicksals. Fahren Sie vorsichtig nach Hause, gnädige Frau.«

Dann stand er auf, ging um seinen Schreibtisch herum und reichte ihr seine massige Hand, während er die andere tröstend auf ihre Schulter legte. Er konnte ihr nicht sagen, wer der Tote war, auch wenn er sie damit wahrscheinlich erleichtert hätte. Er wusste, dass er nicht gegen das Amtsgeheimnis verstoßen durfte. Leider konnte er ihr nicht sagen, dass sie der Welt einen Dienst erwiesen hatte, indem sie dieses Scheusal überfahren hatte.

Als die Gräfin gegangen war, ließ er sich mit einem leisen Seufzer in den Bürosessel fallen. Was für eine Geschichte! So lange hatten sie nach diesem Monster gesucht, und dann erwischte ihn ein Elektrosportwagen, von dem er, Obermayer, noch nie vorher gehört hatte.

Die junge Frau tat ihm leid. Sie stand unter Schock, der Graf war für Wochen auf einer Expedition und nicht erreichbar, und sie würde eine Strafe erhalten, wenn voraussichtlich auch auf Bewährung.

«Ich werde ein gutes Wort für sie einlegen«, entschied Obermayer, »schließlich ist der Staatsanwalt mein Cousin und in Bayern zählt so etwas noch.«

In diesem Augenblick verwarf er alle Vorurteile, die er gegen die junge Russin gehabt hatte, denn sie hatte im Verhör nicht nur ihre Schuld an dem Unfall gestanden, sondern auch gesagt, dass sie sich selbstverständlich vor Gericht verantworten würde. Sie würde jede Strafe auf sich nehmen für ihren Fehler, hatte sie angefügt.

»Wenn nur alle Menschen eine solche Ethik und Moral besäßen«, seufzte Obermayer, als er zum Telefon griff, um seinen Cousin, den Staatsanwalt, anzurufen.

Im selben Augenblick stieg unten im Hof des Kommissariats die junge Gräfin in ihren Tesla und fuhr durch das sich automatisch öffnende Tor von dem Gelände.

Sie zündete sich eine Zigarette an, öffnete das Fenster einen Spalt, sodass der Rauch in die eisige Nachtluft entweichen konnte, und gab Gas.

Nach einer guten halben Stunde hatte sie die Autobahnausfahrt erreicht und bog auf die nächtliche Landstraße ein. Der Schneefall hatte nachgelassen, aber diesmal fuhr sie langsam und ohne Hast. Aber sie fuhr nicht nach Hause, sondern nahm erneut Kurs in Richtung des Obersees. Bei diesen Temperaturen würde der See schon in wenigen Tagen zufrieren, wie sie in Erfahrung gebracht hatte.

Dieser Idiot, der ihr vor den Wagen gesprungen war, hätte beinahe alles verpfuscht. Zum Glück hatte man den Tesla nicht genauer unter Lupe genommen und – Gott sei es gedankt, dass die Polizisten in diesem Land so leichtgläubig waren.

Denn Irina Kalaschnikova, Gräfin von und zu Hohenhausen-Wittlinstein, musste endlich die verdammte Leiche ihres Ehegatten loswerden, die im Kofferraum des Wagens lag.

Schutzengel

Victoria Bradford war nie verheiratet gewesen. Ihr ganzes Leben hatte sie in London verbracht, in diesem wunderschönen barock-viktorianischen Haus in der Londoner City, in dem schon ihre Eltern und Großeltern gelebt hatten. Es war eines der letzten Häuser, die noch nicht einem Banken- oder Versicherungsprunkbau gewichen waren.

Vor Kurzem hatte sie ihren 80. Geburtstag gefeiert. Ihr einziger Neffe, Anthony, dessen Frau und ein paar Bridgefreundinnen hatten sich zu einem Tee mit Kuchen bei ihr eingefunden – und Mr. Walker war auch anwesend gewesen.

Die alte Dame, die wie eine Mischung aus Queen Elizabeth und Miss Marple aussah, erfreute sich bester Gesundheit und hatte es sich nicht nehmen lassen, den Kuchen selbst zu backen und den Tee eigenhändig zu servieren.

»Miss« Bradford – sie bestand darauf, als »Fräulein« angesprochen zu werden, »schließlich bin ich das ja auch noch«, wie sie einmal Mr. Walker im Vertrauen gestand – ging jeden Morgen aus dem Haus, um einzukaufen. Und jeden Nachmittag, außer wenn es in Strömen regnete, was nicht selten der Fall war, arbeitete sie im weitläufigen Garten hinter dem Haus. Im Frühling kümmerte sie sich um die Rosen und im Sommer und Herbst um den großen Gemüse- und Kräutergarten. Sogar ein kleines Gewächshaus, in dem sie leider meist erfolglos Orchideen und andere seltene Blumen und Pflanzenarten zu züchten versuchte, befand sich hinter dem schönen alten Haus.

Victoria Bradfords Anwesen konnte man mit Fug und Recht als ein letztes kleines Paradies inmitten des Londoner Stadtzentrums bezeichnen.

Dies war auch einer der Gründe, weshalb Miss Bradford mittlerweile kaum noch Besuch erhielt – alle früheren Nachbarn hatten den immer exorbitanteren Angeboten der Immobilienmakler nicht widerstehen können und ihre Anwesen fast ausnahmslos verkauft. Mit ihren Bridgefreundinnen, die nach und nach weniger wurden, weil sie wegstarben, traf sich die alte Dame einmal im Monat.

An Weihnachten und an ihren Geburtstagen besuchte sie Anthony, der mit seiner Frau ebenfalls in der City lebte, aber für seine alte Tante sonst nie

Zeit hatte. »Unheimlich viel Stress, Tante Victoria.« Das war der meistgehörte Satz der Telefonate, die die beiden selten genug miteinander führten.

Die Einsamkeit machte der alten Dame jedoch überhaupt nichts aus. Sie war mit ihrem Leben zufrieden. Und wenn es Gott so wollte, würde sie ihre eiserne Gesundheit noch viele Jahre begleiten. Und da war ja noch Mr. Walker, der ihr dann und wann Gesellschaft leistete – wie er eben Lust und Laune hatte. Er war schon ein etwas eigenwilliger Kerl, wie selbst Victoria Bradford befand. Manchmal ließ er sich tagelang überhaupt nicht blicken, dann wieder, je nach Jahreszeit und Wetter, verbrachte er fast jeden Tag bei und mit der alten Dame, am liebsten am Kamin.

Sie hatte Mr. Walker zufällig kennengelernt, auf einem ihrer allmorgendlichen Spaziergänge. Mr. Walker war ihr schon damals oft aufgefallen. Dies, weil er, wie es den Anschein machte, ständig und ziemlich eiligen Schrittes für sein schon fortgeschrittenes Alter ziellos das Quartier abwanderte. Ganz so, als wäre er ständig auf der Suche nach irgendetwas, das nur er benennen konnte, aber wohl nicht wollte. Da Victoria Bradford jedoch alles andere als neugierig war und sich grundsätzlich nicht in die Angelegenheiten anderer Leute einmischte, wie sie immer sagte, waren sie einander auf Anhieb sympathisch. Beide mit der typisch britischen

Zurückhaltung versehen, hatten kaum Worte gebraucht, um zu erkennen, dass sie sehr gut zusammenpassten. Es war wohl so etwas wie eine Seelenverwandtschaft, was die alte Dame mit dem meist mürrisch wirkenden Mr. Walker verband. Beide waren weder auf große Worte aus noch auf übermäßige oder unnötige Konversation. »Sprich nur dann, wenn du etwas zu sagen hast, Victoria«, hatte ihre alleinerziehende Mutter immer gemahnt, »und wenn das, was du zu sagen hast, länger als fünf Minuten dauert, dann gehe und schreibe ein Buch«, hatte sie streng angefügt.

Kein Wunder, dass ihre einzige Tochter diese Härte und Starrköpfigkeit geerbt hatte. Und diese trat vor allem dann zutage, wenn ihr Neffe Anthony mal wieder versuchte, sie zum Umzug in ein Seniorenheim zu überreden. Seit zwei Jahren ging das schon so.

»Das ist doch bloß zu deinem Besten, Tantchen«, beschwor er sie jeweils.

Sie hasste es, wenn Anthony sie so nannte, aber es fiel ihr schwer, ihm böse zu sein. Denn Anthony Bradford sah mit seinen knapp vierzig Jahren nicht nur blendend aus, sondern er punktete auch mit seiner schalkhaften Jugendlichkeit und dem ansteckenden Lachen. Zudem war er ein höchst erfolgreicher Banker, wie Victoria Bradford wusste.

»Ich verdiene in einem Jahr mehr, als ich in einem ganzen Leben ausgeben könnte«, hatte er an ihrem Geburtstag lachend geprahlt. »Wir suchen dir ein schönes Heim, Tantchen.«

Sie hatte ihn stumm angeschaut und störrisch den Kopf geschüttelt.

»Den Teufel werde ich tun.« Ihr Brummen war jedoch ungehört geblieben.

»Schau doch, Tantchen, du bist jetzt in einem gesegneten Alter. Und du fühlst dich wohl. Aber warum solltest du dich noch um dieses große Haus kümmern? Das ist doch alles zu viel für dich. In einem Seniorenheim hast du Gesellschaft, brauchst dich weder ums Reinemachen noch um das Essen zu kümmern und kannst bei bester Gesellschaft dein Leben in vollen Zügen genießen.«

Seine Frau hatte ihrem Mann nickend zugestimmt.

Anthony ließ mal wieder nicht locker. »In einem Seniorenheim hast du auch rund um die Uhr medizinische Betreuung, falls du diese – Gott möge dich noch lange bei bester Gesundheit halten – eines Tages brauchst. Und die Pfleger und Schwestern sind nur für dich da. Sie werden dir jeden Wunsch von den Augen ablesen und …«

»Das reicht, Anthony!« Der äußerst scharfe Ton gebot ihm zu schweigen.

»Aber Tantchen …«

»Nichts da! Ich bleibe hier. Ich fühle mich sehr wohl in diesem Haus. Und Mr. Walker würde das bestimmt auch nicht wollen.«

Anthonys Einwand, dass Mr. Walker sich ja noch gar nicht zu dem Vorschlag geäußert habe, half nichts. Auch seinen zaghaften Einwand, Mr. Walker könne sie ja nach Belieben im Heim besuchen, wischte die alte Dame mit einem »Quatsch, das würde er nie wollen« zornig vom Tisch.

Mr. Walker, der auf seinem Stammsessel nahe am Fenster neben dem Kamin saß, schaute zu ihnen hinüber, rümpfte die Nase und schien Victoria Bradford wortlos zuzustimmen. Diese schaute ihren Neffen triumphierend an. »Na, siehst du? Wenn jemand weiß, was gut für mich ist, dann Mr. Walker.«

Damit war das Thema für sie ein für alle Mal beendet.

Einige Wochen nach diesem für ihn fruchtlosen Dialog saß Anthony Bradford in seinem Büro hoch über der City von London. Wohin immer sein Blick durch die riesigen Glasfronten seines Büros im siebzehnten Stock über die Stadt schweifte, überall dasselbe Bild: Neue und immer höhere Glaspaläste schossen in diesem Finanz-Eldorado aus dem immer knapper werdenden Boden. Die

Preise für Immobilien waren in den letzten Jahren regelrecht explodiert – für Bauland wurde fast jeder Preis bezahlt.

Alles an Anthony Bradford war makellos: sein Büro, sein Job, seine Jacht, sein Sportwagen, sein Haus, seine Frau – nicht aber sein Charakter! Denn sowohl war er unglaublich geldgierig als auch extrem skrupellos. Es waren diese ungesunde Mischung und die Tatsache, dass er sich verspekuliert hatte und praktisch pleite war, die einen Plan entstehen ließen. Wie er es in jungen Jahren bei einer Wirtschaftsberatungsfirma gelernt hatte, war alles, was einen Geschäftsablauf störte, ein Problem. In diesem Fall das »Problem Victoria Bradford«, für das es akuten Handlungsbedarf gab. Und wie lautet das Mantra aller Businessmanager und Consultants: »Beseitige das Problem! Und zwar unwiderruflich!«

Schließlich war er alleiniger Erbe der alten Schachtel, wie er sie insgeheim abfällig nannte, und das Haus, in dem sie wohnte, war ein Vermögen wert. Was seiner Tante nicht bewusst war, wusste er umso besser: Das Grundstück, auf dem das Haus seiner Erbtante stand, war das letzte, das ein mächtiges Baukonsortium benötigte, um vier neue Hochhäuser mit Büros und Luxuswohnungen zu bauen. Dieses Konsortium würde zehn, vielleicht sogar zwanzig Millionen Pfund für den alten Schuppen und das Grundstück hinblättern. Seine finanziellen Probleme wären auf einen Schlag gelöst.

Anthony atmete tief durch. »In ein paar Tagen ist es so weit. Dann wird das Problem aus der Welt geschafft sein.« Er hatte größte Um- und Vorsicht bei der Vorbereitung walten lassen. Nichts durfte schieflaufen, denn das Geld für die Vorauszahlung der »Fachkraft« hatte er sich bei »Geschäftsfreunden« geliehen, denen die Worte »Nachlassstundung« oder »Verzug« völlig fremd waren. Wenn er die Summe nicht rechtzeitig zurückzahlte, würde er sich die Fische in der Themse anschauen können – von Angesicht zu Angesicht und mit einem Betonklotz an den Füßen.

Er verdrängte diesen düsteren Gedanken. Beschwingt verließ er sein Büro in Richtung Airport – sein Alibi würde wasserdicht sein. Diese »Fachkraft« hatte man ihm empfohlen, weil der Typ immer allein arbeitete und auf eigene Rechnung, also keiner Organisation angehörte. Und der Mann war noch einer, der sein »Handwerk« verstand, wie man ihm versichert hatte. Zudem habe der Typ noch bei keinem Auftrag versagt.

Alejandro Manuel y Garcia da Silva, genannt »Pedro«, war selbstredend nicht sein richtiger Name. Niemand wusste, wo er geboren worden war oder wie alt er war, welche Nationalität er hatte, ja nicht einmal sein wahres Aussehen war bekannt. Pedro sprach sieben Sprachen fließend, besaß eine Unzahl von Reisepässen – alle auf verschiedene Namen ausgestellt und mit völlig unterschiedlichen Fotos versehen. Er konnte sich verwandeln wie ein Chamäleon, je nachdem, in welche Identität er gerade schlüpfte und auf welchem Kontinent er tätig war.

Pedro war ein absoluter Spezialist auf seinem Gebiet und wurde häufig für »sensible Aufgaben« gebucht. Seine Klienten schätzten seine Diskretion und seine Zuverlässigkeit. Wenn er einen Auftrag annahm, dann immer gegen Vorauskasse des vollen Betrags. Sein Ruf war makellos und er lebte von der Mund-zu-Mund-Propaganda seiner unzähligen zufriedenen Klienten.

Pedro war ein Handwerker der ganz besonderen Art: eine Fachkraft für »Entsorgungen« – für die finale und vorzeitige Entsorgung von Menschen!

Seit fast einer Woche beobachtete Pedro die alte Dame nun schon. Er war mithilfe einer britischen Identität ins Land gereist und in einem Obdachlosenheim abgestiegen. Den Fehler, sich in ein normales Hotel einzuquartieren, machte er nie. Sein zerschlissener Reisepass wies ihn als gebürtigen Waliser aus. Der ungepflegte Bart, die abgetragene

Bekleidung, der stinkende Rucksack und die knallrote Nase waren Teil seiner Verwandlungskunst, die er sich im Laufe seiner Berufsjahre bis zur Perfektion angeeignet hatte. All dies überzeugte jeden Polizisten schon von Weitem davon, dass er es hier mit einem verwahrlosten, alten Säufer zu tun hatte, der den nächsten Sommer wahrscheinlich nicht erleben würde. Und falls jemand doch Verdacht schöpfen sollte, wäre er noch zwei Meter von Pedro entfernt von einem furchtbaren Gestank vertrieben worden. Denn jeden Morgen, bevor er sich auf die Lauer legte, um den Tagesablauf seines Opfers zu studieren, ging Pedro zu den Docks und rieb sich mit den Fischresten ein, die dort überall herumlagen. Gemischt mit etwas Urin, den er sich absichtlich über die Hosenbeine laufen ließ – und schon war seine Tarnung auch olfaktorisch perfekt.

Niemand wäre je auf die Idee gekommen, den Mann einer Leibesvisitation zu unterziehen. Groß allerdings wäre das Erstaunen gewesen beim Öffnen des Rucksacks. Denn welcher Obdachlose trug schon ein Hochleistungsgewehr für Scharfschützen und zwei Glock-Pistolen mit Schalldämpfern bei sich? Zudem waren die Waffen aus modernsten Verbundstoffen gefertigt – demzufolge von keinem Metalldetektor der Welt aufspürbar.

Der Mord musste immer wie ein natürlicher Tod

oder ein Unfall aussehen. Bei diesem Auftrag hatte sich Pedro für »die Nadel« entschieden. Dazu benötigte er sein Gewehr, eine israelische Spezialanfertigung, die ihn ein kleines Vermögen gekostet hatte und die sonst nur die Spezialkommandos des israelischen Geheimdienstes »Mossad« besaßen. Diese Waffe verschoss keine Patronen, sondern Nadeln. Genauer gesagt Geschosse aus einer speziellen, nanotechnologisch hergestellten Legierung, die im Durchmesser etwa so fein wie eine herkömmliche Nadel waren, sich jedoch nach dem Abfeuern in der Luft erhitzten und das Opfer in fast glühendem Zustand trafen – wenn möglich, direkt ins Herz. Danach lösten sie sich innerhalb von Minuten auf – keine Spuren, kein Täter. Und für alle anderen war es ein Herzinfarkt – in dem hohen Alter, in dem sein Opfer war, eine völlig normale Todesursache.

»Einfach genial, diese Juden«, dachte Pedro, hinter einer Mülltonne und unzähligen Abfallsäcken in einer kleinen Seitengasse schräg gegenüber dem Anwesen von Victoria Bradford liegend. Er beobachtete, wie sie das Haus verließ, um einkaufen zu gehen. Morgen würde er es tun. Er hatte genug gesehen. Dieser Ort war ideal für einen einzigen gezielten Schuss. Ein Kinderspiel, leicht verdientes Geld, dachte Pedro zufrieden, als er plötzlich ein Zupfen an seinem linken Bein spürte.

»Verpiss dich, du blödes Vieh«, zischte er und verpasste der Katze einen Fußtritt, dem diese jedoch geschickt auswich.

Er verstaute das Fernglas wieder sorgfältig in seinem Rucksack. Kaum wollte er seinen Beobachtungsposten verlassen, tauchte die Katze wieder auf und strich ihm um die Beine. Offensichtlich war sie von seinem Fischgeruch stark angetan. Sie schnurrte, als ob sie seit einer Ewigkeit beste Freunde seien.

Mit einer blitzschnellen Bewegung stand er auf, packte das Tier und hielt es am Schopf hoch.

»Hab ich dich erwischt, du Mistvieh«, zischte er.

Superintendent Cole Hazlewood glaubte nicht, was er da über den Bildschirm flimmern sah. Dabei hatte er schon einiges gesehen in seiner langen Karriere. Fast zehn Jahre war er jetzt schon Superintendent bei der Londoner Polizei. Vor ein paar Wochen erst hatte er seinen fünfzigsten Geburtstag auf dem Revier gefeiert. Die wenigsten seiner Kollegen wussten allerdings, dass der immer ruhig wirkende und wortkarge Hazlewood einst Angehöriger der SAS gewesen war – also der bestausgebildeten Elite- und Terrorbekämpfungseinheit Ihrer Majestät und des Vereinigten Königreiches von Großbritannien angehört hatte.

Hazlewood sprach nur, wenn es nötig war und

wenn es etwas zu sagen gab, was nach seinem Dafürhalten nicht allzu oft der Fall war. Zudem war er ein bescheidener und zurückhaltender Mann, dem jegliche Prahlerei über seine Vergangenheit zuwider war. Auch wenn er in den vergangenen Jahren bei der City Police keine Waffe mehr hatte benutzen müssen – seinen antrainierten Instinkt und die Fähigkeit, eine Gefahr zu erkennen und sofort zu handeln, das hatte er sich bewahrt.

Vor einigen Jahren war seine Frau, noch keine vierzig Jahre alt, an Krebs gestorben. Ihre Ehe war zu seinem Bedauern kinderlos geblieben. Seitdem lebte er allein in einer kleinen Zweizimmerwohnung nicht weit vom Revier. Nur sein Perserkater »King George« leistete ihm Gesellschaft, wenn er spätabends vom Dienst nach Hause kam.

Hazlewood schaute sich die Aufnahme mehrmals an. Je öfter er sah, was eine der unzähligen Überwachungskameras der City am Morgen aufgezeichnet hatte, desto größer wurden Empörung und Wut.

Der Obdachlose hatte die Katze mit einer erstaunlich schnellen Bewegung gepackt, hielt sie ein oder zwei Sekunden hoch, schaute sie reglos an. Und dann geschah das Unfassbare: Dieser Penner hob den Deckel von einer der Abfalltonnen, warf die Katze in die Tonne und knallte den Deckel wieder darauf.

Jedes Kind weiß, dass Engländer tierliebende Menschen sind. Eine Katze in dieser Kälte wie ein Stück Abfall in eine Tonne zu werfen, nur weil das arme Tier dem Mann offensichtlich seine Zuneigung gezeigt hatte, indem es an seinen Beinen entlanggestrichen war – bei diesem Anblick wäre jedem anständigen Engländer der Kragen geplatzt. Und gerade Superintendent Hazlewood, dem es Katzen ganz besonders angetan hatten, schäumte vor Wut.

Er benötigte nur ein paar Minuten, um herauszufinden, in welcher Seitenstraße sich die Abfalltonne mit der Katze befand. London hatte die höchste Dichte an Überwachungskameras auf der ganzen Welt. Besonders in der City waren beinahe an jeder Straßenecke welche montiert. Wohin der Mann danach gegangen war, ließ sich nicht eruieren.

Hazlewood schnappte seinen Mantel und machte sich auf den Weg. Als er in der Seitenstraße eintraf, dunkelte es bereits ein und er brauchte eine Weile, bis er die Tonne gefunden hatte. Als er den Deckel hob, schlief die Katze, als handle es sich um den bequemsten Sessel der Welt. Sie leistete keine Gegenwehr, als Hazlewood sie vorsichtig herausnahm.

Er ging zur Hauptstraße, an der eine Straßenlaterne stand. Das rot-orange-weiß gestreifte Fell erinnerte ihn an Garfield, wie Hazlewood grinsend dachte. Er war froh, dass dem Tier nichts geschehen war.

Plötzlich sprang der Kater aus seinen Armen und rannte mit großen Sprüngen die Straße hinunter. Hazlewood fluchte und rannte ihm, so schnell er konnte, hinterher. Etwa zweihundert Meter und drei Straßenecken weiter hatte er die Katze aus den Augen verloren. Enttäuscht blieb Hazlewood stehen. »Hauptsache, der Katze geht es gut«, murmelte er und wollte schon umkehren. In diesem Moment schaute der Kater etwa fünfzig Meter weiter um eine Hausecke und hielt nach ihm Ausschau. Also ging Hazlewood wieder schnellen Schrittes los, doch als er das Tier fast erreicht hatte, rannte der Kater erneut weiter.

So ging das zwanzig Minuten und sieben Straßenzüge lang.

Vor einem schäbigen Hauseingang blieb die Katze schließlich kurz stehen und verschwand dann in dem Gebäude. »Obdachlosenheim der Heilsarmee« las Hazlewood auf dem Schild neben der Tür. Hatte die Katze ihn tatsächlich zu dem Mann geführt, der sie so schlecht behandelt hatte? Oder war der Kater etwa hier zu Hause?

Es war nun dunkel und ein kalter Wind blies

winterliche Polarluft durch die Straßen der City, als er die verwitterten Treppenstufen zum Schlafsaal des Obdachlosenheims hochstieg und grimmig dachte: »Ich werde dem verdammten Tierquäler die Leviten lesen, falls der Kerl wirklich hier sein sollte.«

Er hoffte, den Penner wiederzuerkennen. Im Treppenhaus stank es. Hazlewood zögerte, als er am Ende der Treppe angekommen war und in einen düsteren Gang blickte. Irgendetwas hatte sein Unterbewusstsein angesprochen, als er sich das Video auf dem Revier angeschaut hatte. Nicht nur, dass ein Mensch so herzlos mit einer Katze umging. Es war die Bewegung gewesen, mit der dieser Obdachlose aufgestanden war. Behände wie ein Raubtier war der Mann hochgekommen. Viel zu geschmeidig für einen solchen Menschen, und auch absolut ansatzlos das Ergreifen der Katze. Und warum lag ein Obdachloser mit einem Fernglas in einer Seitengasse auf der Lauer?

Instinktiv wanderte seine Hand zur Waffe im Schulterholster, während er langsam durch den Flur schritt. Je näher er der Tür kam, desto stärker stank es nach Schweiß und Urin.

Merkwürdigerweise konnte er die Katze nirgends sehen. Vielleicht hatte sie sich versteckt. Hazlewood griff nach der Klinke, öffnete die Tür zum Schlafsaal und trat ein.

Durch zwei schmale Fenster auf der anderen Seite des großen Raums fiel schwaches Licht. Zwei Reihen doppelstöckiger Betten waren die einzige Möblierung des kargen Saales. In einigen lagen Gestalten, die in der Dunkelheit nur schattenhaft erkennbar waren. Schnarchgeräusche waren zu hören. Sein Blick schweifte durch den Raum. Da! Am vorletzten Bett vor dem Fenster. Das war der Mann! Er zog gerade seinen Mantel aus, um sich hinzulegen, als er Hazlewood bemerkte, der zügig auf ihn zu schritt.

Pedros rasche Bewegung zum Rucksack neben dem Bett löste in Hazlewood eine Reaktion aus. Das Training bei der Antiterror-Einheit war nicht umsonst gewesen.

Alles geschah fast zeitgleich: Pedro brachte die Glock in Anschlag, Hazlewood zog seine Waffe, Pedro entsicherte seine Glock, Hazlewood war zu langsam …

Ein kleiner Schatten schoss plötzlich in den Saal, an Hazlewood vorbei und sprang mit einem gewaltigen Satz an Pedros Hosenbeine.

Die beiden Schüsse krachten fast gleichzeitig.

Er klingelte an der großen Tür aus altem Eichenholz. Sein Blick streifte an der Fassade entlang – ein schönes altes viktorianisches Haus, wie man es kaum noch sah zwischen den Monumentalbauten der City. Das Haus mit dem Grundstück musste ein Vermögen wert sein. Erneut betätigte er die Klingel, diesmal länger.

Victoria Bradford öffnete die Tür einen Spaltbreit und schaute den großen Mann mit einer durchlöcherten Tasche in der Hand erstaunt an. Vielleicht ein Handwerker oder jemand von den städtischen Gaswerken?

»Guten Tag, Madam.« Er hielt ihr einen Ausweis hin. »Sind Sie Misses Victoria Bradford?«

»Miss Bradford, wenn ich bitten darf.«

Sie öffnete die Tür etwas weiter und musterte den Mann misstrauisch. Dieser stellte die Tasche ab, öffnete sie und fragte: »Gehört die Katze Ihnen?«

»Mr. Walker!« Völlig überrascht und erfreut zog die alte Dame den Kater aus der Tasche und drückte ihn an ihre Brust. »Wo haben *Sie* sich denn herumgetrieben?«

Hazlewood war Engländer durch und durch. Weder erstaunte ihn, dass die Katze offenbar Mr. Walker hieß, noch dass die Dame den Kater siezte.

Victoria Bradford setzte Mr. Walker ab, der schnurstracks mit ein paar großen Sätzen im Haus verschwand. »Ich bin froh, dass Mr. Walker wieder bei mir ist«, sagte sie. Ein verlegenes Lächeln huschte über ihr Gesicht. »Er ist nämlich mein Schutzengel.«

Hazlewood nickte und nahm sich vor, etwas genauer zu untersuchen, weshalb ein Profikiller auf diese nette alte Dame angesetzt worden war.

»Oder finden Sie das kindisch, Superintendent?«

»Keinesfalls, Madam«, antwortete Hazlewood, »das glaube ich Ihnen aufs Wort.« Und mit einem breiten Lachen fügte er an: »Darf ich Ihnen ein Geheimnis anvertrauen, Miss Bradford? Ich denke, Mr. Walker ist auch *mein* Schutzengel.«

Die schönste Geschichte der Welt

Inhalt

Fetter Fisch	7
Schwelbrand	25
Fallbeispiel	43
Schwarze Mamba	55
Wurst ist Wurst	75
Diabolus Bavarius	91
Schutzengel	105
Die schönste Geschichte der Welt	125